U0140886

When East Meets West
The Influence of Western Management
on Chinese Corporations

王雪莉 赵纯均 杨斌 薛镭 编著

项目组织单位／清华大学经济管理学院

西风东渐

西方管理对中国企业的影响

机械工业出版社
China Machine Press

本丛书是"中国式企业管理科学基础研究"项目的成果。该项目是国务院领导批示、财政部支持的项目，由国务院发展研究中心、中国企业联合会、清华大学于 2005 年联合发起，通过对中国式企业管理背景、成功企业案例、管理专题和理论等的研究，总结概括中国企业发展的基本模式和经验，并将中国模式概括到理论高度。

通过对国外管理思想和管理模式对中国企业、中国企业管理者产生影响的历史进程、渠道以及影响的积极与消极结果的研究，本书对正在中国企业中应用的西方管理方法与手段进行了梳理和总结，使读者能够更好地理解中国式企业管理产生的必要性和必然性。

封底无防伪标均为盗版
版权所有，侵权必究
本书法律顾问　北京市展达律师事务所

图书在版编目（CIP）数据

西风东渐：西方管理对中国企业的影响/王雪莉等编著 . —北京：机械工业出版社，2011.4

（中国式企业管理研究丛书）

ISBN 978-7-111-33649-5

Ⅰ . 西…　Ⅱ . 王…　Ⅲ . 西方国家 – 企业管理 – 影响 – 中国　Ⅳ. F279. 23

中国版本图书馆 CIP 数据核字（2011）第 036089 号

机械工业出版社（北京市西城区百万庄大街 22 号　邮政编码 100037）
责任编辑：刘　斌　　　　版式设计：刘永青
中国电影出版社印刷厂印刷
2011 年 4 月第 1 版第 1 次印刷
170mm×242mm · 10.75 印张
标准书号：ISBN 978-7-111-33649-5
定价：30.00 元

凡购本书，如有缺页、倒页、脱页，由本社发行部调换
客服热线：（010）88379210；88361066
购书热线：（010）68326294；88379649；68995259
投稿热线：（010）88379007
读者信箱：hzjg@hzbook. com

"中国式企业管理科学基础研究"项目

发起单位

国务院发展研究中心　中国企业联合会　清华大学

成员单位

中共中央组织部　国家发展和改革委员会　教育部　科学技术部　工业和信息化部　财政部　人力资源和社会保障部　国务院国有资产监督管理委员会

顾　问

王忠禹　陈锦华　袁宝华　尤　权　张彦宁　吴敬琏

领导小组

组　长：陈清泰

副组长：蒋黔贵　赵纯均　刘世锦　陈兰通　何建坤

中国式企业管理研究丛书
编　委　会

主　任

陈清泰（国务院发展研究中心原党组书记）

副　主　任

蒋黔贵（中国企业联合会执行副会长、原国家经贸委副主任）

赵纯均（清华大学学术委员会副主任、原清华大学经管
　　　　学院院长）

执行主编

胡新欣（中国企业联合会常务副理事长）

陈小洪（国务院发展研究中心企业研究所所长、研究员）

杨　斌（清华大学经管学院党委书记、教授）

专家委员（按姓名笔画排序）

王凤彬　王利平　王雪莉　李　飞　李维安　吴贵生
吴晓波　陈小洪　郑明身　赵曙明　祝慧烨　黄津孚
蓝海林

编　委

张文涛　张　楠　王继承　张文彬　李兆熙　张永伟
刘燕欣　邵　红

"国外企业管理思想和管理模式的影响"背景研究组成员

研究组织单位

清华大学经管学院

组　长

赵纯均　（清华大学经管学院教授）

成　员

王雪莉　（清华大学经管学院副教授）

杨　斌　（清华大学经管学院教授）

薛　镭　（清华大学经管学院副教授）

刘燕欣　（清华大学经管学院高级管理培训中心副主任）

林洋帆　（原清华大学经管学院硕士研究生）

王洁瑶　（原清华大学经管学院硕士研究生）

王　颖　（原清华大学经管学院硕士研究生）

尹志远　（原清华大学经管学院硕士研究生）

王天璐　（原清华大学经管学院硕士研究生）

周霁月　（清华大学经管学院硕士研究生）

黄志超　（清华大学经管学院硕士研究生）

刘　鑫　（原北京林业大学经济管理学院硕士生）

李　伦　（原北京林业大学经济管理学院硕士生）

总序

　　自 20 世纪 80 年代以来，中国这个西方世界眼中的"庞然大物"，高举改革、开放、稳定、发展的大旗，以不可思议的姿态和速度和平崛起，取得了举世瞩目的成就。"中国现象"，包括政治、经济、思想、文化等各方面的现象，引起了中外学界的高度关注，其中，最广泛、最直接的研究集中在经济领域。这是因为，在 20 世纪中叶以前，大国是以军事力量为手段，以地域征服、资源掠夺为标志的；而历史走进 20 世纪下半叶之后，大国则是以综合国力为基础，以技术引领、市场认同为标志了。

　　研究经济，离不开对企业的关注；中国经济的高速发展，与众多企业的成功崛起密不可分。如何诠释中国企业成功的"神话"？答案颇多：政策的支持、环境的改善、广阔的国内市场、廉价的劳动成本，等等，这些都是，但又不止这些。因为这些一般的经济因素，难以对中国很多产业中出现国际竞争力迅速提高甚至成为新兴领先者企业的现象作出较为全面、深入、具有足够说服力的解释。如果说在 20 世纪初，支撑美国工业化成功的是泰勒的科学管理和福特的标准化及流水线生产，而在第二次世界大战后日本崛起的过程中，扮演主要角色的企业则得益于丰田的看板管理和精益生产方式。那么，推动经济持续快速发展的中国企业，其担此大任的管理因素又是什么呢?

2005 年春节前,国务院发展研究中心、中国企业联合会、清华大学的有关同志共同商讨,提出了挖掘中国企业成功奥秘的动议,提出从实证研究入手,系统总结提升改革开放以来我国企业管理的成功经验,进而创建中国式企业管理科学,以指导企业提高竞争力。

大家达成上述共识主要基于以下两点考虑:

一是中国要成为经济强国,必须同时有一批具有较高管理水平和国际竞争力的企业。改革开放以来,激烈竞争的市场环境和国外企业的强势冲击,造就了宝钢、华为、中远、海尔、联想、振华重工、万向等一批企业,它们汲取国际经验,结合国情和企业实际不断创新,取得了很大成功;但也有不少企业辉煌一时,昙花一现。而我们对中国的企业管理,在微观层面系统的、较长时间的实证数据和综合研究严重不足,缺乏对优秀企业成功奥妙、基本经验和管理模式的挖掘与剖析。基于案例研究的中国式管理课题,通过深入探究成功企业的成功之道,对它们的管理实践进行梳理、总结和理论提升,使之惠及众多企业,有助于冲破目前存在的"企业管理能力和水平还不适应企业的规模和经营模式,企业管理理论还落后于企业管理实践"的"瓶颈",对普遍提高中国企业的管理水平和国际竞争力具有重要的意义。

二是中国的市场环境和企业发展路径与国外企业有很大差异,照搬国外的一套不能解决中国企业管理的全部问题。提出"中国式企业管理"这一命题,旨在探求国外先进的科学管理理论在资源配置和合理组织生产力方面的普适性,与中国的传统文化和经济体制的特殊性在实践中怎样实现有效的融合,诠释企业成功的管理内涵,在此基础上研究建立中国式企业管理理论。可以说,这是历史赋予中国管理学界的特殊任务,也是不容推卸的责任。伟大的时代应当产生创新的理论,"中国式企业管理"的研究成果,不仅应体现中国国情和特色,能在理论上概括中国式管理的基本构架和特点,反映中国企业成功的经验,而且要用国际通用的学术语言进行描述和概括,以期最终能得到国际理解和认可。

这一创意提出后,很快得到国务院领导的支持,并由发改委、财政部通过国资委立项实施，名称确定为"中国式企业管理科学基础研究"。项目 2006 年开始启动，研究内容包括：中国式企业管理背景研究、中国企业成功之道之企业案例研究、企业管理专题研究、中国式企业管理理论研究等，最终目标是提出适应中国经济转型和崛起的"中国式企业管理"模式和理论，形成旨在促进和提高中国企业管理水平的纲要性的企业管理指导政策。

研究工作已历时 4 年，由国务院发展研究中心企业研究所、中企联管理现代化工作委员会和清华大学经济管理学院三家机构组织了中国人民大学、对外经济贸易大学、浙江大学、华中科技大学、南开大学、华东理工大学、华南理工大学、山东大学、长江商学院等多所院校的上百位专家学者参与了研究。项目开展了历史传承、管理输入、改革开放等 3 个背景专题研究，宝钢、中兴通讯、新希望、振华重工、用友、大庆油田、青岛港、五粮液、联想、万向、招商银行、神华、云南白药等 30 多家国内成功企业的案例研究以及战略管理、创业管理、技术进步与研发管理、组织与企业管理制度、公司治理、企业文化、市场营销与品牌、人力资源、生产与供应链管理等 9 个专题研究，为课题总报告的理论总结打下实证研究的基础。

截至目前，研究取得的进展主要表现在以下几个方面。

1. 科学合理的研究框架及内容，为我们提供了大量、宝贵的第一手和最新的研究成果

在前人研究成果的基础上，"中国式管理科学基础研究"的研究框架及内容，确定为管理背景、企业案例、管理专题及中国式企业管理理论研究等四个方面，四方面相辅相成、相互印证，组成一体。

背景研究着重分析中国企业生存发展的环境，特别是改革开放以来体制和市场环境变化对企业管理的冲击、启迪和提升，深入探求产生中国式管理理念的历史文化根基以及西方管理思想和方法对我国企业管理的广泛影响。背景认知是形成成功案例和管理研究的重要基础，本身亦有独立的价值。案例研究主要是选择有代表性的样本企业进行全景式案

例研究。样本企业的选取原则是：业绩业内领先，长期稳定增长；在国内、国际市场上具有较强竞争力；有相对较大的资产规模和较强的实力；管理水平较高；注重社会责任。通过一批个案研究，挖掘企业成功之道，对成功原因、机理以及影响因素进行综合分析，既独立形成研究成果，也为管理专题研究提供重要依据。管理专题研究的任务是归纳比较案例研究结论的共性及特点，在9个不同领域内总结出相应的管理经验。理论研究则是在上述三项研究的基础上，对企业成功之道及若干专题进行综合的、有一定理论深度的总结、提炼，使之条理化、系统化，提出带有规律性的结论，总结出中国企业在管理实践中创新地使用各种管理思想、方法和手段的一般规律，初步创建体现中国企业管理特色的、具有丰富内涵的管理理论体系。

上述研究成果将以"中国式企业管理研究"丛书为载体，陆续与读者见面，大家共同分享经验，共同探求管理奥秘。

2. 基于管理二重性的"中国式企业管理"

管理与技术和资本不同，管理不仅具有生产力的性质，还体现为一定的生产关系，因此具有明显的二重性。涉及生产要素合理配置和生产经营组织的部分，理论科学的意义比较强，具有普适性；涉及生产关系，如在经济制度、所有制结构以及法律、民族、文化、道德等上层建筑和意识形态方面，却体现出强烈的特殊性。因此，管理存在着明显的地域、民族和文化的差异。历史上，理性的官僚科层组织产生于德国，创新的变革理论产生于美国，强调精神力量的企业文化和严格精细的管理风格则产生于日本。这不是一种偶然，其中包含着地域、历史与民族特色的必然。

发达国家工业化期间积累的管理科学是全人类的财富，中国企业正不遗余力地从中汲取营养。中国有悠久的历史文化，中国企业——无论是国有企业还是民营企业，发展的路径与国外企业有很大的不同，改革和发展过程中所遇到的矛盾、困惑以及破解的办法，几乎全部标注了明显的中国特色，无不体现中国传统文化和国情的现实规定性。

管理的二重性决定了"中国式企业管理"的存在。它存在于将管理的一般原理与中国实际结合而取得成功的企业之中，企业管理理论、方法的普适性与理念的特殊性有机融合，往往是企业竞争力和成功的关键所在。

3. 改革开放后中国的企业管理是沿着"以我为主、博采众长、融合提炼、自成一家"的轨迹前进的

改革开放后，企业外部环境迅速变化，基于计划经济体制的管理理念、管理方式已经成为提高企业效率和活力的桎梏，新的管理理念、管理方法需要建立，中国企业的管理面临脱胎换骨的变革。面对经济体制转轨的大势，众多企业管理者既兴奋不已，又茫然不知所措。

1978 年 10 月，受国务院指派，袁宝华同志曾率领马洪、邓力群、孙尚清等人组成高级代表团赴日本考察经济管理。考察期间代表团发现，中国工业企业 1976～1978 年所面临的情形与日本企业 1945～1950年非常相似，同样处于恢复生产和经济快速发展的起步阶段。整顿企业管理、转变管理理念、以现代化管理改造传统管理势在必行。代表团认为，日本的文化传统与我国有许多相似之处，学习日本企业的管理经验可以成为中国企业改善管理的重要途径。进入 20 世纪 80 年代，学习日本的企业管理就成了中国企业走向现代化管理的起步阶梯，现场管理、全面质量管理、价值工程、看板管理等管理方法迅速传入中国，令很多企业管理者耳目一新，纷纷效法。

1983 年，时任国家经委常务副主任的袁宝华在广泛调查研究的基础上，适时提出了"以我为主、博采众长、融合提炼、自成一家"的改造传统企业管理的思路，后来被确认为"十六字方针"。这一方针为当时以及后来的企业管理者明确了思路，把中国的企业管理引向了既要接受历史传承、又要提炼创新，既要引进学习、又要结合国情和不丧失自我的道路。自此，企业以适应市场、提高效率为目标的管理改进和管理创新活动逐渐活跃，形成了学习企业管理、研究企业管理的热潮。

回顾近 30 年来企业发展的历史可以发现，中国的企业管理正是沿

着"十六字方针"的轨迹不断取得进步的,"十六字方针"在实践中被进一步确立;很多企业遵从"以我为主、博采众长、融合提炼、自成一家"的道路,获得了很大的成功。

4. 中国企业成功之道的初步发现

清华大学经济管理学院承担了"中国式企业管理科学基础研究"理论研究部分总报告的撰写工作。该报告以战略和组织为中心,从企业经营多个维度的综合管理的视角,总结了中国企业在 30 多年来取得的成功经验,概括为"中的精神、变的策略、强的领袖、家的组织、和的环境、学的创新、搏的营销、苛的运营、融的文化"。

以上多个角度的初步梳理并没有完全涵盖项目研究的各个方面,但是透过这些共性总结,仍可以一窥中国企业的成功之道:有着很浓厚的中国哲学色彩的"中的精神",为了适应环境而高度权变的战略,以品德、魅力和愿景凝聚团队的杰出企业领袖,富有中国家庭色彩的组织控制,以共赢的政企关系、和睦的行业氛围和正面的公众形象为代表的和谐环境,以标杆模仿与整合再造相结合的创新路径,全神贯注、全力以赴的营销努力,在严格基础上精细、高效的运营管理以及在管理理念和方法上古今、中外、个人与团队的有效融合,等等。这是我国企业成长的共同财富。

"中国式企业管理科学基础研究"是从实证研究入手,以案例调研为基础的,案例调研更适合于发现假说;作为互补,项目涵盖的一批成功企业的样本以及长期数据的实证研究成为验证假说的有效手段。而检验这些中国式管理规律是否具有更为普遍性的意义,则不仅有待于在多数的中国企业中观察到这些经验落地开花,更有待于中国企业在更广阔的国际市场竞争中赢得更大的成功,更多的中国企业家和中国品牌受到更多和持续的尊重。尽管管理科学的理论框架在美国产生,但我们对于中国企业进行深入研究,一定会成为扩大理论领域、使理论更具普遍性或者产生创造性发现的重要机会。对于正在进行现代化建设的中国,我们期许这些研究和总结的成果,能够为大家提供思考和实践的广阔空间，启迪今天，影响未来。

我们有理由相信：既从西方管理理论中汲取丰富营养，又闪烁中国人独特智慧的中国式管理理论和模式将渐行渐成；以众多成功企业的丰富实践支撑的中国式企业管理，一定可以在我国乃至世界的经济发展中大放异彩。

陈清泰　蒋黔贵　赵纯均

目录
Contents

"中国式企业管理科学基础研究"项目
中国式企业管理研究丛书编委会
"国外企业管理思想和管理模式的影响"背景研究组成员
总序

第1章
引　言

‖ 课 题 背 景 ‖

在 20 世纪 70 年代末期中国实行改革开放政策以后，中国经济以及中国企业都得到了快速发展，并涌现出一批优秀企业。但同西方上百年精炼出的企业管理思想相比，中国企业在管理理论、管理技术和管理方法等各个方面都还存在着明显的差距，还只能算是学生。西方管理思想对中国企业产生影响的历史进程是从 1978 年改革开放开始的，近几十年来，借鉴了西方近代管理思想精华的中国企业迅速发展壮大，从开始被动的模仿学习到现在的主动接受创新，中国企业伴随着市场经济的逐渐成熟，在不断成长着。一批成功的企业造就了一批极有创新精神的企业家，也诞生了属于中国企业自己的管理思想和管理哲学。同时，一些管理学者也将目光聚焦于此，开始了对中国式企业管理的研究。2005 年，由中国企业联合会、国务院发展研究中心、清华大学三家联合发起，由财政部立项，"中国式企业管理基础科学"研究项目正式进入实施阶段。整个项目的设计既包含样本企业的案例和比较研究，也包括各项专题研究，还有三个背景研究项目，其中之一就是由清华大学经管学院负责的关于西方管理思想与方法对中国企业所产生影响的研究。

改革开放三十余年来，西方管理思想与方法在中国迅速传播，影响了一大批中国企业的成长和发展。近些年来，伴随着市场经济的逐渐成熟，管理学者对中国企业模式的研究探讨也在不断升温。但是如何衡量和阐明西方管理思想与方法对中国企业及其管理者产生的影响，是对中国企业管理模式和管理特点进行梳理的基础和前提。因为只有分析清楚西方管理思想与方法对中国企业的影响，对推动力以及阻力都有了清楚的认识，才能全面了解和分析中国企业目前管理模式的渊源与基础，才能更好地把握其特点。

改革开放之初，西方管理思想和工具就开始进入中国，引进西方管理有利于当时中国经济体制改革，对政治体制也有借鉴作用。计划经济体制下的中国，劳动者与企业大多是人身依附与行政关系，而以自由与效率为特征的市场经济则是以合同与法制来约束劳资关系的。西方管理思想中用工制度科学化，通过合理的激励与约束制度，对于改变中国长期的大锅饭状态、更好地使用和激励人才有推动作用。另外科学管理有利于改变中国传统的人治的主观与随意因素，建立法制，强调效率，推行规范，是走出国门的企业与国际接轨的必由之路（吴育林，1997）。西方管理思想的发展与完善是社会生产力发展对劳动生产率提高的要求，中国的落后一定程度上也是由社会生产力水平决定的。中国有后发优势，被动学习西方管理思想，也有利于实现跨越式发展。

如今，我们乘飞机西行，无论是去西亚、南亚，还是欧洲，最多不过二十多个小时。然而，在遥远的古代，中国先民们在西行时，不论是走陆路，还是走海路，都要花费不知多少倍的时间，也不知要克服多少艰难险阻。与外界交流的需要，促使我们的祖先早在距今2000多年前的西汉时期，就开通了连接东西方文明的陆上通道，将蚕丝、瓷器、珠宝等运往中亚、西亚，甚至地中海和欧洲一带，这就是著名的陆上"丝绸之路"。丝绸之路的开辟，有力地促进了东西方的经济文化交流，对促成汉朝的兴盛产生了积极的作用。正如"丝绸之路"的名称，在这条逾 7000 公里的长路上，丝绸与同样原产中国的瓷器一样，成为当时东亚强盛文明的象征。丝绸不仅是丝路上重要的奢侈消费品，也是中国封建社会历朝政府的一种有效的政治工具：中国的友好使节出使西域乃至更远的国家时，往往将丝绸作为表示两国友好的有效手段。而且丝绸的西传也少许改变了西方各国对中国的印象，由于西传至君士坦丁堡的丝绸和瓷器价格奇高，令相当多的人认为中国乃至东亚是一个物产丰盈的富裕地区。当然，在丝绸之路上，来自西方的葡萄、核桃、胡萝卜、胡椒、胡豆、菠菜（又称为波斯菜）、黄瓜（汉时称胡瓜）、石榴也为中国人的日常饮食增添了新的选择。

几千年后，随着科技的发展，交通与通信的繁荣以及中国的改革开放，西方管理的概念与工具开始被中国企业和管理者所熟悉和广泛应用，对中国的企业管理产生了重大而深远的影响，形成了起自西方通往东方的新丝绸之路，只不过这条新路上传播和融合的不是物化的产品，而是产生于西方成熟市场经济的企业管理理念与工具。2000 年前丝绸之路既有南线、北线之分，也有海上丝绸之路的存在，丝绸之路只是连接东西方多条通道的总称，今天的新丝绸之路也有着不同的路径和渠道。西方管理思想与方法是通过哪些路径和渠道对中国企业及其管理者产生了影响，中国不同企业和不同管理者对西方管理工具和概念的认知又有何不同，中国管理者如何看待西方管理思想和工具对企业管理所发挥的作用及应用的障碍等，西方管理思想落地中国期间所产生的一系列问题，引发了管理学界的极大兴趣。人们相信，通过对这些问题的研究，将有助于了解管理学习的渠道和影响路径，了解中国改革开放 30 年中新丝绸之路的作用。

同时，通过对国外管理思想和管理模式对中国企业、中国企业管理者产生影响的历史进程、渠道以及影响的积极与消极结果的研究，也能够更好地理解中国式企业管理产生的必要性和必然性，同时也是对正在中国企业中应用的西方管理方法与手段进行梳理和总结。

正是建立在上述认识的基础上，清华大学经管学院组成了以赵纯

均教授为首，王雪莉、杨斌、薛镭、刘燕欣为主要研究人员，林洋帆、
王洁瑶、王颖、尹志远、王天璐、刘鑫、李伦、周霁月、黄志超为研
究助理的研究团队，按照规范的研究方法，对西方管理思想和工具对
中国企业产生的影响进行了全面的梳理和研究。在研究设计过程中，
还得到了杨百寅、张力军两位同事的指导和帮助，在部分资料搜集过
程中，得到了李笑彦、刘光宇两位同学的协助。本研究进行过程中，
还部分得到了国家自然科学基金的资助（项目编号 70672003），对于
人力资源管理领域中引进的西方企业管理中的非标准化雇用带来的领
导和管理挑战进行了深入的探索和研究。

▌ 研 究 方 法 ▌

本研究项目采用了多种规范的研究方法。按照研究阶段不同，采
用的研究方法也有所不同，总的来说，本项目的研究经历了四个研究
阶段。

第一阶段：研究内容框架确定和计划阶段。研究主要采用的方法
是文献研究法，通过对于研究主题相关领域中外文献的检索和研读，
对于目前已有的研究结论进行分析和整理，形成了主要研究内容框架。
围绕研究框架的具体内容，分别进行了文献综述。除了对学术型文献
进行综述和研究之外，结合研究框架的内容，进行了大量公开资料和
数据的搜索，以服务于定性研究部分。在文献综述过程中，也对后续
阶段的研究方法和研究工具进行了初步设计。

第二阶段：探索性研究阶段。研究主要采用了开放式问卷调查和
结构化访谈的方法，通过面对有丰富管理实践经验的中国企业中高层
管理者的开放式问卷调查（此问卷的完整版见附录 A），获得关于中
国优秀企业的潜在样本，对于中国企业管理特色的评价，以及西方管
理思想与方法在中国企业中使用情况的基础信息。通过对一些典型企
业高层管理者和研究管理的学者的结构化深度访谈，对于西方管理思

想与方法对中国企业的影响效果和途径进行讨论，以形成未来实证研究的基本假设。在这一阶段，开放式问卷的数据结果也为实证研究中有的放矢地选择西方管理思想与方法的条目提供了学术支持（开放式问卷的具体统计结果参考第3章）。

第三阶段，实证研究阶段。研究主要采用了规范的调查法（Survey），通过对研究问卷的试测和修正，形成了最终的背景研究实证研究问卷（完整的调查问卷见附录B）。在问卷的设计阶段，量表或指标的产生都需要基于细致的文献研究，并结合研究对象的实际情况设计。本研究中的三个主要量表来自于国外文献中成熟的指标体系和本项目前期探索性研究得到的结果。

问卷通过目标样本随机抽样的方式获得企业管理者的反馈。之所以采用目标样本确定在先、随机抽样方式在后的方式，主要是考虑数据的质量和样本的代表性。在实证研究问卷的开发过程中，也就形成了本研究主要的几组假设，并通过数据分析的结果分别加以检验。

第四阶段，研究总结阶段。在第三阶段定量研究，以及实证研究的主要结论的基础上，研究者又结合"中国式企业管理基础科学"项目组已经完成的样本企业的案例研究，获得相关的证据支持，并通过对公开资料和学术文献的二次整理分析，最终形成整体的研究结论。

总体来说，本背景研究遵循规范的学术研究范式，采用多种研究方法和手段，对西方管理想与工具对中国企业的影响这一问题进行了全面细致的剖析和研究，最终形成了目前的研究成果。

▎研究内容与框架▎

本背景研究题目宏大，内涵丰富，在有限的时间内如何聚焦研究主题，是研究设计阶段最主要的任务。通过文献综述和资料梳理，以及深入的讨论和分析，本背景研究的主要内容包括以下维度：

■ **西方管理思想与方法对中国企业影响的时间维度** 纵观中国历史，

与西方的交流已经绵延千年，以近代中国为时间起点，也可以从许多军事组织以及经济组织的变革中找到西方影响的烙印，北洋水师和军工制造业就是个例证。但在本研究设计中，我们还是将时间维度的起点确定为改革开放后的现代中国，也就是说，本研究将着力探讨从改革开放开始，西方管理思想与方法在不同时期是怎样影响中国企业的，不同时期的内容、方式和手段是怎样的。

■ **西方管理思想与方法对中国企业影响的内容维度**　即哪些西方管理思想与方法对中国企业产生了影响，西方管理思想与西方管理工具在产生影响方面又有何区别。

■ **西方管理思想与方法对中国企业影响的媒介维度**　即西方管理思想与方法是通过哪些渠道对中国企业产生影响的，不同渠道的影响强度是否存在差异。

■ **西方管理思想与方法对中国企业影响的路径维度**　通过不同渠道到达中国企业的西方管理思想与方法是通过什么途径影响到中国企业的管理实践的，即如何通过管理者的价值观变化影响管理决策，如何通过企业的管理方法和手段的变革与再造影响管理的结果。不同企业管理者和不同企业对这种影响的认知评价是否存在差异。

■ **西方管理思想与方法对中国企业影响的结果维度**　西方管理思想与方法对中国企业的管理实践带来了什么变化，哪些是积极影响，哪些是消极影响，在产生影响的过程中，又遇到了哪些阻力。

上述研究主题汇成如图 1-1 所示的研究框图。

在设计上述研究内容中，研究团队发现了两个研究难点，这些难点也直接影响了后续的研究设计。

第一个难点是研究的内容维度方面的。到底哪些西方管理思想与方法应该纳入我们研究的范畴？正因为很难找到一致的已有的研究结果，因此对于众多西方管理思想与方法的选择成为第一个难题，也正因为如此，对于某一种西方管理思想或者工具进入中国后的时间序列

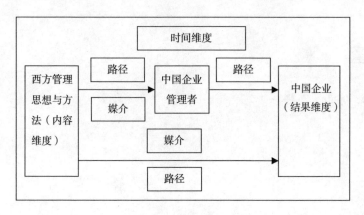

图 1-1 研究内容框架图

研究，比如 ERP 在中国的引入和应用历程，就没有成为本研究的内容。

第二个难点是缺乏可以进行比较的基准，这直接影响到结果维度的研究。因为既然研究影响，自然就离不开对中国企业管理特点发生的变化进行分析，但是已有的研究中没有找到可以进行比较的对于中国企业原来管理模式或者管理特征的研究结果，这使得对于西方管理思想与方法的研究在寻找发生的变化方面缺乏时间序列上实证的支持，只能更多地在某一个横断面来描述状态，或者从中国企业管理实践中寻找例证。

通过探索性研究和实证研究，我们试图解决第一个难题，同时为今后对中国企业管理模式的研究提供时间序列上的第一个坐标（以后期的研究不遇到第二个难题为好）。这个目标带来了探索性研究中对于西方管理思想与方法的清单式挖掘和开放式研讨，也是实证研究中问卷设计的出发点。

第 2 章

文 献 综 述

从前期的文献调研结果来看，研究中西方比较管理的文献很多，研究西方管理学说对中国企业影响的文献比较少。因此在文献综述环节，我们主要从三个方面对相关文献进行总结分析。第一个方面是直接文献方面，也就是直接研究西方管理思想与方法对中国企业产生的影响，主要从对各个职能专业领域的影响和各种影响的效果和阻力分析角度。第二个方面则是影响途径方面，探讨管理者个体与管理实践之间的关系。我们从管理者价值观角度，综述管理者价值观与管理实践的关系，因为，管理实践首先是人的行为，与人的价值观念的相关度很高，所以分析对管理的影响，不能脱离人的因素、价值观的因素。西方管理思想与方法对中国企业管理者价值观的影响是本研究必须要回答的一个问题。第三个方面则是从影响的媒介角度，讨论全球化经营环境中的主角——跨国公司的经营对于经营所在地产生的溢出效应。改革开放后，大量的跨国公司，尤其是在国际上有影响力的大型跨国公司纷纷进入中国，并逐步将中国发展成区域战略中心，在它们与本土企业（客户/供应商/竞争对手）的交往过程中，对于中国企业也直接产生了影响。因此对于其溢出效应的研究总结，尤其是对伴随 FDI（外商直接投资）而形成的人才溢出效应的文献研究，也是项目研究中影响渠道提出的理论基础。

西方管理思想与方法对中国企业产生的影响

西方管理思想与方法在中国通过不同的传播路径，对中国企业产生了深远的影响，有力促进了中国企业管理科学性，但在实施过程中也遇到过极大的阻力。

对中国企业产生的影响

在文献中，研究中国古代管理传统和现代联系的学者很多，普遍认为中国古代管理思想的局限性在于忽视了人格独立的价值性和人天生的惰性，而这些正可以被西方管理思想所弥补。西方管理思想的优点是显而易见的：经历了科学管理运动之后所产生的各种管理理论，是直接为现代市场经济服务的；它善于运用科学技术的最新成果，并能不断根据管理实践的结果来变革管理模式和创新管理理论；它有严格的控制和严密的管理，管理活动的效率高；它注意引进竞争机制；它善于充分利用法律和契约在管理中的作用等（向莉，2003）。

从管理职能的各个方面，西方管理思想与方法都对中国企业经营产生过深远的影响。

（1）战略管理。分为主动的战略管理意识和大量的西方战略分析的工具两方面。中国企业为了应对市场、技术、产品和竞争对手的瞬息万变，已经懂得并掌握了发展战略的制定，并充分运用了西方管理思想，细化出更为详尽的竞争战略、营销战略、品牌战略和融资战略等子战略。中国企业在制定战略的时候，借助西方管理思想和管理方法的精华，诸如系统论、概率论、博弈论等研究成果，同时考虑东西方的文化差异。中国企业未来的成功，可以借助西方管理思想与中国传统文化的有机融合（郑朝华，2006）。大量的战略分析工具在管理实践中广泛使用，SWOT分析、PEST分析、波士顿矩阵分析等在企业管理实践中的应用越来越普遍。

（2）营销。西方营销理论对中国产生了深远的影响，西方学者提出许多新的营销策略并在实践中广泛运用，如关系营销、基准营销、直接营销、内部营销、定制营销、服务营销、形象营销、数据库营销、文化营销、绿色营销、伦理营销、全球营销、情感营销等，这些营销策略大大丰富了传统营销策略的内容，反映了当代西方营销活动发展的新特点、新趋势。目前我国企业的营销策略和手段还相对落后，仍局限在传统的4P组合的运用（蒋美钊，2006）。另外，在如营销渠道方面，西方企业在营销实践中积累了一套系统实施营销渠道战略规划的程序、原则和方法，渠道设计强调以客户需求为出发点，我国企业渠道建设仍停留在"尽快把产品卖出去"的阶段（刘晓敏，2005），晏国祥在其文章中提出了一些建议，如企业应真正做到以顾客为导向，增加企业营销活动的针对性——实施细分营销，对员工实行内部营销——建立以人为本的企业文化，选择竞争战略，注意竞争手段的整合，结盟中间商，及实施社会营销等（晏国祥，2003）。

（3）人力资源。中西方文化差异对于企业的人力资源管理来说是把双刃剑，由于文化差异导致的管理理念和交往上的差异，使企业制定人力资源管理战略的难度增大［张艺格，中西方文化差异在人力资源管理中的应用．商场现代化，2008（32）：302］。但是西方的人力资源管理理念和方法，促使中国企业从传统的人事管理向人力资源管理方面转变，对人力资本也有了初步认识；从精神激励为单一激励手段开始转变到物质精神并重的激励体系建设。

（4）金融财务。中国现代金融体系的建立和运行机制几乎来自西方发达经济体的实践借鉴。中国企业也在这种借鉴中开始懂得运用资本市场的平台发展和壮大自己，并逐步从国内资本市场走向全球资本市场。

（5）运作管理。运作管理领域也是中国企业最早寻求完善和改革的职能领域，结果就是科学管理的意识和方法在中国企业，尤其是制造行业普遍推广，结果也构成了在全球市场上令人惊奇的"中国制造"优势的一个组成部分。

西方管理思想对中国企业的影响也可以得到企业管理实践的印证。

海尔的 OEC 管理制度是企业现场管理与细节管理的成功典范，体现着源于西方的科学管理精髓（张浩强，2006）。华为从 1998 年开始引入西方大公司的实践，在集成产品开发、集成供应链、人力资源管理、财务管理、质量管理等方面，与 IBM 和 HAY、PWC 等西方公司展开合作，在流程、组织、IT 建设等方面加以改进。柳传志创造性地把西方先进的管理经验与中国的实际相结合，总结并提出了著名的"企业管理屋顶图理论"等一系列重要的管理思想，形成了以"建班子、定战略、带队伍"为理论核心的联想管理体系，使联想逐步成为一家符合现代企业制度、具有国际竞争力的集团公司。就经营模式来说，万科的成功是美国模式的成功，万科走一条极度专业化的道路，并成功地建立了以职业经理人制度为特色的现代企业制度。万科人本主义企业文化的基础最初来自西方（张昪，2007）。

对中国企业产生影响过程中受到的阻力

在西方管理思想越来越受到追捧，不断被中国企业所接纳的同时，中国管理学者也逐渐看到了西方管理在中国的"水土不服"。从文献中可以看到，西方管理思想与方法在中国实践中暴露出了一些弱点，比如西方管理思想与方法重视目标结果而忽视达到目标的过程、重视管理工具而忽视管理哲学的导引、重视普适性而忽视企业的个体差异、忽视文化与观念对管理制度与工具有效性的影响等。

美国最著名的咨询机构麦肯锡公司，在将代表"国际先进的管理经验和体制"的美国模式移植到王府井百货、实达集团、乐百氏、康佳等中国企业时，一一遭受巨大挫折（廖文燕、蔡巍、赵明峰，2004）。西方管理学是在西方的历史、经济、文化乃至宗教信仰的背景下生成的，而中国却有着与西方完全不同的历史文化环境。脱离开不同国家在经济、政治和文化等背景方面的不同，重在学习外国管理的外在形式，而忽略其实质内容，结果都不可避免地导致中国传统管理思想和西方管理思想的融合过程中出现尴尬（黄津孚，2006）。

西方管理思想与方法对中国企业既有正面的积极作用，也有"水土不服"带来的阻力，那么应如何看待西方管理思想？郭斌探讨了西方管理思想各主要流派的适用条件，对西方各类管理思想产生背景进行剖析，对比其具体的管理内容与技术，得出其相应的适用条件。他得出的结论是：①并不是越先进的管理理论，在企业中越具有指导实践的价值；②我国各地区经济发展极其不平衡，不同地区的企业要根据当地经济发展的状况来选择不同的管理思想；③不同行业的发展状况也不相同，要分行业进行分析；④具体到单个企业，其不同的成长阶段适用的管理思想也不相同；⑤经济越发达，企业的管理实践越需要先进的管理理论的指导，反之亦然（郭斌，2005）。亚信首席执行官张醒生对中国企业管理模式发展的三部曲的看法也许是个启示："第一部曲是中国企业吸收的阶段，囫囵吞枣或者是照搬主义或者是拿来主义也好，这个阶段已经经过了；第二个阶段就是现在，再创造、提升、融合的阶段；未来五六年，是中国企业高速成长，中国企业理论创新、管理创新融合国际化企业的一个最高阶段（张醒生，2005）。任正非也提出了著名的"三化"理论："先僵化"接受，"再固化"运用，"后优化"改良。

中国特色的真谛是中西合璧，在借鉴西方管理思想的同时，把握中国企业的实际情况。随着世界经济一体化的加速，中国的发展已经与世界的发展紧密联系在一起了。可以预见，中国的管理思想必将与西方的管理思想不断融合，向前发展。也许再过五年、十年，这样耕耘出来的中国模式可能成为世界上先进的一种模式（廖文燕、蔡巍、赵明峰，2004）。

管理者价值观

关于管理，一种普遍的观点是：管理本身是一种社会现象和文化现象，每一种管理理论的诞生，都和其当时的历史背景有着不可分割的紧密关系。管理是人类社会存在的一种方式，管理思想来源于管理实践，是对管理经验的概括和总结。1916 年现代管理理论的创始人，法国管理学家法约尔把管理定义为："管理是一个由计划、组织、指挥、协调和控制等职能为要素构成的活动过程。"在这一系列活动过程中，管理者的价值观，逐渐形成了企业文化，又将促进企业的管理和发展。美国管理学家丹尼尔 A. 雷恩在他的《管理思想的演变》一书中谈到："管理思想既是文化环境的一个过程，也是文化环境的产物。"德鲁克则一针见血地指出："管理是以文化为转移的，并且受其社会的价值观、传统与习俗的支配。"

管理价值观定义的逐步形成

管理价值观的研究开始于 20 世纪 60 年代。罗克奇（Rokeach，1968）将价值观定义为一种持久的信念，一旦一种价值观形成，它就会自觉或不自觉地成为一种标准或规范，用以指导行为、开拓视野或调整观点，用以评判某人自己或他人的行为及看法，道德上约束自己或他人以及将自己与他人比较。

England（1967）这样描述个体管理者的价值观：它具有相对固定的感知结构，改变与影响着个体行为的本质。价值观与思想相似但却更具有根深蒂固性，更长久、更稳定。在其他方面，价值观被当做是管理者的道德行为的决定者，通过个人对其他人员及组织的观察而影响人与人之间的关系，从而影响管理者的决定及解决问题的方法。

Clare 和 Sanders（1979）在对 4 家公司的 132 名主管进行的调研中发现，不管管理水平与组织结构如何，管理者具有同样的长期价值取向和工具式的价值观。Posner 和 Schmidt（1984）为 1500 多名高级管理人员提供了一个价值观的优先次序清单，用于询问哪些人群在他们作决定的时候是最重要的，他们发现，存在着一个普遍性的"管理者心理"。Posner 和 Schmit（1993）通过对个人价值观与公司价值观关系的调查，试图找出这两种价值观对个体管理者行为的影响，他们访问了 1509 位主管，然后评价他们对自己以及公司价值观的了解程度。结果发现 30% 的人能分清个人价值观与公司价值观，这些管理者对工作成就、工作态度以及组织中的领导感知有着清晰的理解。

Frederick（1995）对上述研究进行了归纳，认为管理价值观的研究实际上涵盖了四个方面的内容：①关于个体管理者的价值观研究，包括调查管理者的个人特征；②组织价值观的研究，常与组织文化合并在一起进行；③工作价值观的研究，重点研究员工价值观的构成内容以及与工作成果的关系；④Hofstede（1980）开始的针对"民族文化和价值观"的研究。

综合来讲，管理价值观是人类在管理这一具体的社会实践活动中形成的价值观，是管理主体对于管理意义的认识。

管理价值观维度的建立

管理价值观维度之所以能够建立，根源在于管理者价值观的差异，这其中主要的一种是民族差异。Hofstede 发现不同国家的管理者价值观表现出不同的方式，来自相同国家管理者比来自不同国家的管理者有更多的相似的激励。而另一个差异根源在于对价值的定位不同，实用主义与伦理主义是两个主要的价值观定位（Brogden，1952；Guth&Tgauiri，1965；England，1976）。

20 世纪 80 年代至 90 年代，随着经济管理的全球化势态，管理理论的可转换性、跨国界实践以及不同文化背景下的管理研究已经成为焦点。西方学者在对跨国管理理论的研究基础上，开始思索如何对价值观之间的差异进行量化分析，维度理论应运而生。这方面最具代表性的学者是 Cavanagh、Hofstede、Klukhohm&Strodtbeck、Charles Hampton-Turner& Fons Trompenaars。

1. Cavanagh 描述的三种价值观

Cavanagh 从三个方面描述了价值观对管理者行为的重大影响，这三种价值观在现实中有时候可能是两种甚至三种并存的。其一是功利主义。即所有行为都被判定是好的或坏的后才会采取行为，最重要的部分是为最广大的群众谋求最大可能的利益。一般来说，这种价值观念与有效的共同组织目标、工作效率及组织成果相一致。其二是个人权利。这个管理者价值观将单个人的权利放在其他任何事情之上，且不得被侵犯。这些权利包含了对生活、对安全以及对个人道德良知的感知等的权利。其三是社会公正。即所有的利益与负担都分配得公平与公正。在现代的竞争社会中，这种价值观会与功利主义和个人权利产生冲突，因为在将社会公平赋予一个处于劣势的组织时，就需要在其他价值观方面做出让步。

2. Klukhohm&Strodtbeck 的价值双向模型

Clyd Kluckhohn 在美国得克萨斯州一个有五个不同文化和种族的社区中进行大规模研究，在她与 Strodtbeck 合著的《价值导向的变化》一书中，他们提出文化间对比的"价值双向模型"：认为文化必须形成适当的价值观系统，从人的本性、人与自然的关系、时间的观念、做事方式、人际关系五个基本方面对问题加以解决（约翰 B. 库伦，2000）。

3. Hofstede 的维度分析

20 世纪 80 年代至 90 年代，Hofstede 等人（Hofstede，1980；Hofstede，1983；Hofstede and Bond，1988；Frank and Hofstede and Bond，1991）曾两次在 IBM 调查了 11.6 万名员工，这些调研对象来自 40 个国家，从基层一线工人到高层经理，从具有初级文化水平到博士后，样本极具多元化。通过对员工的工作满意度、价值观和态度方面的问题的调查，以及对大量数据的分析研究，Hofstede 归纳出不同国家间存在着五个不同文化维度差异。

（1）权力距离（power distance）。它是指组织中那些权力较小的人期望和接受权力分配不平等实际情况的程度，可以具体地解释为职工与管理者间的关系，接受程度越高，权力差距越大。

（2）不确定性规避（uncertainty avoidance）。所谓不确定性规避指的是一个社会感受到的不确定性和模糊情景的威胁程度，其强弱是通过不确定性规避指数来表示的，通常可以从对规则的诉求愿望、对具体指令的依赖、对计划的执行程度去考虑。

（3）个人主义/集体主义（individualism/cllectivism）。个人主义是指一种松散结合的社会结构，在这一结构中，人们只关心自己或直系亲属的利益。这在一个允许个人有相当大的自由度的社会中是可能的。与个人主义相反的是集体主义，它以一种紧密结合的社会结构为特征，人们希望群体中的其他人在自己有困难时帮助并保护自己。集体主义所换来的是成员对团体的绝对忠诚。

（4）男性化/女性化（事业成功/生活质量）（masculinity dimension/feninine dimension）。主要指人们对生活的态度。男子气概文化表现为注重物质成就，男人和女人的社会角色差别大；女性气质文化表现为重视生活质量，男女的社会角色差别不大。

（5）长期取向与短期取向。Hofstede 认为，研究民族文化的西方人类学家中带有不同程度的文化偏见，他们带着"西方的思考方式"来看待世界文化。为此，Hofstede 吸收了对远东文化，特别是对中国文化的研究成果，并在此基础上补充了他的学说。长期观念这类文化以东亚地区国家为代表，特征是：坚忍、节俭、知耻，重视长期发展。属于短期观念这类文化的特征是：守常、奢侈、维护面子、拘泥于固有传统，以美国、英国为典型。

4. Charles Hampton-Turner & Alfons Trompenaars 的文化分析模型

荷兰管理咨询顾问 Alfons Trompenaars 与英国学者 Charles Hampton-

Turner（1987）以 Parson（1951）的人类关系"样本变量"（Pattern Variables）为基础，他们发现，"文化之间的差异，并不是混乱不清或率意而为，而仅仅是价值观的镜像而已，是他们所见、所学的次序与序列的一种相互颠倒"。他们认为，文化只存在差异性，而没有"好"与"坏"、"对"与"错"之分，差异性表现的是不同文化所选择的解决问题方法的不同（张新胜等，2002）。他们提出了国家文化的七个基本方面：普遍性与具体性，个人主义与共有主义，中性与情感性，特殊性与扩散性，成就文化与归因文化，时间取向，环境。

1993 年，Hampton-Turner 和 Trompenaars 针对企业创造财富的过程，认为这个过程是一个道德行为，即企业的管理过程中存在工作价值观。通过价值两难问题，他们归纳出企业管理价值观的七个维度。

（1）普遍主义或特殊主义。普遍主义者强调用法律和规章指导行为，并且"法律面前人人平等"，他们认为对所有事物都应采取客观的态度，而且世界上只存在一个真理和一种解决问题的方法。特殊主义者却强调"具体问题具体分析"，不用同一尺度解决不同情况下的问题，应当因人而异，因地而异，他们认为世间没有绝对真理，也不存在唯一正确的方法。

（2）分析或整合。持分析观的人认为，有效的管理者是一个善于分析事实、论点、数字、精于拆解工作的人；持整合观的人认为，有效管理者是擅长辨别类型、整合局部关系、综观大局的人。

（3）个人主义或集体主义。个人主义与集体主义表现了个人的行动最终是为了个人的还是集体的利益，集体主义者更会将本人视为集体中的一员。个人主义者通常表现为：经常会说"我"，可以在现场做决定，个人做事个人当；而集体主义者通常表现为：经常会说"我们"，决定由组织授权做出，大家做事大家当。

（4）内部导向或外部导向。内部导向者愿意控制结果，他们经常采取支配和强硬的态度，认为在信守理念的过程中存在冲突和抵抗是很正常的；外部导向者愿意顺其自然，经常采取灵活和通融的态度，愿意妥协，追求和谐。

（5）依序处理或同时处理。在处理事情上，倾向于依序而迅速地进行处理，或者倾向于通过相关人协调而同步进行。

（6）赢得的地位或赋予的地位。注重赢得的地位，是指组织成员的地位取决于其表现与绩效；注重赋予的地位，是指地位是由其他对企业有重要意义的特征决定的，如年龄、资历、性别、学历、潜力或特殊的角色。

（7）平等或阶层。在组织中，持平等观点的管理者会平等地对待员工，以便赢得他们的全力贡献；持阶层观点的管理者，会强调管理阶层的判断与职权。

‖ 管理者价值观对于管理决策行为的影响 ‖

管理者的价值观影响着管理者的行为。1969 年，England 和 Keaveny 的研究支持个人价值观与个人行为间的联系，提供了一些描述管理价值观的内容。该研究对来自不同行业的 72 名管理者，进行了决策标准、决策风格、行为方式等调查，发现管理者的价值观与管理行为是相关的。如讲究实用主义的管理者表现为更关心顾客的需求，而非团队的士气和友善，不关注与下属的直接交流。伦理主义的管理者更加倾向于按照惯例做事，不愿与下属产生冲突。这项研究为以后的管理者价值观研究奠定了基础。

价值观具有强大的力量，它是一个人在漫长的岁月中表现出的不变的特征，这个特征为人们评价自己和他人提供了一个标准，也可促使人们试图让他人也按自己的偏好与信念行事。在一个组织里面，管理者就会按他们的方式指导人们的行为，而管理者的个人价值观就会引导他们在工作中的决定与各种行为（Christei，H. Burton，2003）。

随着时代的发展，全球化的经济将不同国家的个体和群体聚集在一起学习和工作，同一种产品被不同习俗的人群所接受和使用。我们更能清楚地看到，在不同国家的管理者身上，由于价值体系的核心构造不同，显示出的管理模式上的差异。

比如以中国、日本为代表的东方文化是以儒家伦理为基础发展起来的，其发展取向是重群体、重道德、重实用。价值观的基本特征是：较强依附性和内向型；以自然之和谐为真，以人际之和谐为善，以天人之和谐为美；注重行为的节俭、封闭、悠闲；突出以家庭成员为中心。以欧美等国为代表的西方文化是在古希腊文化和基督教文化基础上发展而来的，是平民为主体的商业社会文化和市民社会文化。因此，它的发展取向则侧重个体、重科学、重思辨。价值观的基本特征是：具有强烈的自主性和个人主义体验；具有明显的外向开放色彩；体现了社会互动中的平等和民主模式（孙佩敏，2007）。

东西方这两种价值观体现在管理模式中的差异，以美国和日本为例。1981 年，威廉·大内在《Z 理论——美国企业如何迎接日本的挑战》一书中对美日企业管理进行了比较分析，他把美国企业管理模型称为 A 型组织管理模式，把日本企业管理模型称为 J 型组织管理模式。他认为，A 组织注重硬管理、形式管理、理性管理和外显管理，管理显得生硬、机械、正式化，缺乏软性、柔性、人性，整合力差，组织凝聚力也差。而 J 组织注重软管理、整合管理、人性管理和隐性管理，因而管理具有有机性、非正式性、软性、人性，它注重经营思想、组织风气、企业文化、人才开发、情报和技术开发能力等"软件"建设（陈红儿、孙卫芳，2007）。

Charles Hampton-Turner 认为企业的管理过程也就是企业创造财富的过程，这个过程是一种道德行为。任何企业产品的品质早先决定于创办人的价值观，后来则决定于整个企业的工作价值观。他认为企业创造财富分为七种基本增值过程，如果没有这些增值过程，企业便不可能创造财富。这七种增值过程分别是：

（1）制定规则与发现例外。任何企业都必须制定规则，程序以及典章制度，其中包括详细的安全作业规范和原则性说明的员工守则。

同时企业还必须能马上发现例外情况，以迅速掌握特定规则的限制，否则企业将逐渐丧失对顾客需求和环境变动的敏感性。

（2）分析结构与建构整合。所有企业必须能分解其所生产的产品或服务，以便能分析其中任何可能的缺点，并进行改善。同时，企业也必须能不断重组产品的零部件，以便更新产品的整体设计。

（3）人与组织的管理。企业一方面要为成员提供照顾、乐趣、信息和支持，另一方面还要确保成员完成企业整体的任务需求。这取决于个人主义和集体主义之间的融合程度。

（4）外部世界的内部化。决策的动力究竟是来源于组织内部还是组织外部？任何不能吸收外来构想的企业组织最后必定丧失竞争力；同样，任何不能从内部产生创意的组织也无法掌握智慧的重要来源。企业如何调解内部导向与外部导向这两种相反的力量，以及能否将外部世界内部化，以便果断而明智地行动是决定企业品格的重要因素。

（5）增值过程的快速同步处理的能力。企业真正的挑战是如何协调许多必须快速完成的工作。如果要抢先占领市场满足顾客的需求，企业就必须兼顾依序处理与同步处理两种作业方式。对财富创造过程而言，增值过程的快速同步处理能力显然越来越重要。

（6）成就者的认定。企业要有效运作，就必须将地位、职位和权责授予为企业尽心尽力并且在工作上有所成就的人。企业创造价值的能力取决于其对成就的定义。例如他们比较赏识赢得的地位还是比较重视赋予的地位。

（7）提供成员均等的表现机会。企业必须为所有成员提供表现的机会，否则员工的创意与建议会受到压抑，同时企业也没有利用好这些资源。企业的品格取决于成员表现机会是否均等，以及负责评判部属表现阶层体系的决策品质。

由于这些增值过程中隐含着重大的价值观差异，因此决策本身都蕴含着冲突。不同价值观所带来的冲突与紧张，称为文化上的价值两难。这七个增值过程中所蕴含的"价值两难"有：普遍主义或特殊主义、分析或整合、个人主义或集体主义、内部导向或外部导向、依序处理或同时处理、赢得的地位或赋予的地位、平等或阶层。这正是Charles Hampton-Turner 提出的价值观维度分析，说明不同的价值观导致增值过程中的不同决策。不同文化在面对上述价值两难时都充满强烈的意识形态色彩。要成功整合这些财富创造过程的价值冲突是非常困难的事情，而任何文化所突显的或一再强调的企业经营价值观，事实上都以牺牲另一种有效经营所必需的价值为代价。

管理者价值观影响行为的能力已经在上述的文献中得以证实，管理角色为个体提供了在工作中的直接权力，因而间接提供了管理者以自身的价值观对企业经营施加影响的权力。在经济全球化的背景下，尤其适逢中国改革开放 30 年，西方的管理思想是如何影响着中国管理者，并进一步影响了中国企业的经营，这是有待进一步研究的。

‖ 跨国公司的溢出效应 ‖

在全球化经营环境下，跨国公司蓬勃发展。跨国公司是西方管理思想的载体之一，也是西方先进管理工具的使用者，因此对跨国公司的溢出效应的文献综述有利于我们对西方管理思想与方法对中国的影响进一步加深理解。

随着经济全球化的脚步，外商直接投资（FDI）在全球经济中具有越来越重要的地位。FDI 能够促进东道国经济增长，提供就业机会，这对于发展中国家来说尤为重要。改革开放以来，我国出台了一系列优惠政策吸引外商投资。FDI 对我国经济的发展起到了毋庸置疑的作用。国际国内的众多学者对 FDI 相关问题进行了丰富的研究，其中FDI 溢出效应得到了许多学者的关注，它从一个方面解释了 FDI 对东道国的经济的促进作用。

FDI 溢出效应（Spillover），是指由于外国资本的进入促进了东道国本地企业劳动生产率或生产效率提高的效应（陈涛涛，2003）。学界对于 FDI 溢出效应的研究主要集中在技术溢出领域，人力资本在技术溢出中扮演的角色也得到了比较充分的探讨。

溢出效应的定义有广义和狭义之分，从国际与国内的相关文献来看，有相当一部分研究把 FDI 溢出效应应用于相对广泛的研究范围，如把 FDI 对东道国宏观经济的影响也作为 FDI 溢出效应的主要表现（陈涛涛，2003）。而狭义的溢出效应主要指 FDI 对于东道国本地企业劳动生产率的影响。由于本文主要研究人力资本溢出对本地企业的影响，所以在此主要关注狭义的 FDI 溢出效应。

早期研究 FDI 的文献对于溢出效应的讨论可以追溯到 20 世纪 60 年代。MacDougall 是第一位系统性地把溢出效应（或外部效应）归属于 FDI 可能结果的学者，他分析了国外投资带来的福利效应（Blomström & Kokko，2003）。此外还有 Cordon（1967），Caves（1971）等人研究了 FDI 对东道国税收政策、产业结构的影响。这些主要是对广义角度的 FDI 进行的研究。这些研究认为外资进入高壁垒行业的时候打破了垄断，通过竞争的压力或者示范的作用，促使本地企业提高技术效益，并且竞争的压力也会提高技术转化和扩散的发生几率。但是这些研究只提供了"条件证据"（circumstance evidence），并没有能够说明溢出效应的重要性和普遍性。

20 世纪 70 年代，关于 FDI 溢出效应的统计学分析逐渐出现。Caves、Globerman 和 Blomström & Persson 对行业内的溢出效应进行了统计研究；Katz、Attken & Harrison、Sjöholm 和 Kugler 对行业间的溢出效应进行了统计分析。

FDI 溢出效应领域最具有影响力的学者，瑞典斯德哥尔摩大学的 Magnus Blomström 和同事 Ari Kokko（2000）提出了 FDI 的生产率溢出效应（productivity spillover）和市场进入溢出效应（market access spillovers）。生产率溢出效应指本地企业可以通过与 MNC（跨国公司）子公司正前向和后向的关联、模仿跨国公司的技术，或雇用受过跨国公司培训的员工等方式来提高生产率。市场进入溢出效应指跨国公司往往具有进军国际市场的竞争优势，而跨国公司在东道国构筑的运输基础设施和传递出的国际市场信息也可能被本地企业利用。

Blomström & Kokko（2001）总结了部分研究 FDI 和技术转移、扩散之间关系的文献，并提出 FDI 对技术转移扩散的正面影响并不是自然而然的，而是受东道国的特征和政策影响，并且经济政策在扩大 FDI 可能的正面影响中起到了重要的作用。

Blomström & Kokko（2003）还提出，外国企业分公司的技术水平或引进技术水平影响了向本地企业的溢出效应。但这又是跟东道国的特征分不开的。当东道国的劳动力的受教育水平较高、本地竞争较激烈，或东道国对外国企业分公司的运行正式要求较少的时候，溢出效应更加明显。

Kokko（1994，1996）通过对墨西哥和乌拉圭制造行业的数据分析发现，溢出效应与东道国经济的吸收能力呈正相关，技术能力较低的本地公司不能够较好的吸收溢出效应带来的好处。

我国对于 FDI 溢出相应的研究相对起步较晚，学者主要在国外理论研究的基础上，从 FDI 溢出效应对我国经济和企业影响角度进行研究。

陈涛涛（2003）利用中国制造业 84 个四位码行业的数据，对 FDI 对中国产生行业内溢出效应的内在机制进行了经验研究。结果表明，充分竞争是产生溢出效益的有效机制。在内外资企业的竞争能力差距较小的行业中，两类企业之间的竞争更加充分和有效，有利于溢出效应的产生。陈涛涛、陈丽（2006）利用 2000～2002 年我国制造业 320 个四位码细分行业的数据，采用经验研究的方法，系统探讨了行业增长特征对 FDI 在我国产生行业内溢出效应的影响。张曙霄、张旭（2008）分析了 FDI 对吉林省工业部门的行业内溢出效应。分析结果表明，FDI 在吉林省工业部门产生了行业内溢出效应，其主要表现是 FDI 在行业中的参与程度越高，相应行业的劳动生产率及产出就越高。

杨亚平（2007）对广东工业行业面板数据进行回归分析，明确区分和分别测定 FDI 技术溢出的行业内溢出和行业间溢出，并从 FDI 市场导向性和企业所有制类型两个细分层面对技术溢出情况进行了研究。结果发现，FDI 的后向关联溢出相比行业内溢出是更重要的溢出途径。姚娟、刘叶（2009）通过对上海市制造业 31 个部门的 13 777 个企业样本进行面板分析发现，行业间溢出效应是 FDI 溢出效应的重要途径，外资来源地、出口导向还是国内市场导向、所有权形式和技术差距等因素均会对行业间溢出效应产生影响。

在 FDI 中扮演重要角色的跨国公司对我国经济的发展起到了不可忽视的作用，如有效地弥补了国内建设资金的不足；促进科技进步和管理水平提高，推进产业结构的调整与升级；扩大就业机会，提高就业质量；增加政府税收等（朱娜，2009）。同时跨国公司也带来了一些消极影响，如挤压国内民族企业，威胁国家经济安全；垄断国内某些行业；引进不适合本国的新的价值观念和时尚，破坏国内传统的价值等（王峰，2009）。对于跨国公司的溢出效应，下面分别按照人才溢出、技术溢出效应两个方面分别加以综述。

人才溢出

人才溢出效应的基础理论是人力资本理论，1960 年，经济学诺贝尔奖得主舒尔茨在"人力资本投资"的演讲中，首次提出了人力资本的概念。舒尔茨认为。人力资本主要指凝集在劳动者本身的知识、技能及其所表现出来的劳动能力，这是现代经济增长的主要因素。Beker 从主要从微观角度，分析了正规教育的成本和收益问题，还重点讨论了在职培训的经济意义（段刚，2003）。

20 世纪 80 年代以后，"新经济增长理论"在西方国家兴起，代表人物为卢卡斯和罗默。卢卡斯（1988）建立了人力资本积累增长模型，认为具有生产技能、操作技能和管理技能的人力资本才是产出增长的动力。罗默（1986）提出了内生化技术进步的增长模型。罗默认为知识是导致增长的一个变量，并提出知识具有"溢出效应"。罗默（1990）在第二个内生模型中引入了人力资本概念，特殊的知识和专业化的人力资本是经济增长的主要因素，不仅使知识和人力资本自身形成收益递增，而且能使资本和劳动等要素投入也产生递增收益。

在对溢出效应影响因素进行的研究中，许多学者提出了东道国获得技术外溢效应的必要条件之一就是东道国拥有经过良好训练的人力资本。

早期的研究，如 Nelson & Phelps（1966）认为一个国家引进和使用新技术的能力来自国内的人力资本存量。人力资本越高，往往技术进步的进程越明显。后来的实证研究，包括 Benhabib 和 Spiegel（1994）、Borensztein，Gregorio 和 Lee（1995）以及许彬（2000）等都纷纷扩展了人力资本变量，来确定实现技术外溢效应的人力资本的"临界值"。这些实证研究都表明，发达国家技术转移效果比较明显，而欠发达国家技术转移效果不明显，其原因就是欠发达国家没有充足的人力资本吸收跨国公司的技术转移。

Blomström & Kokko（2003）认为，跨国公司母公司对其子公司以及其他东道国本地公司的技术溢出并不仅仅物化（embodied）在机器、设备、专利权，驻外经理人和工程师，也会通过跨国公司对本地员工的培训实现。Blomström & Kokko 从两个方面讨论了跨国公司人力资本溢出的过程。一方面由于跨国公司在东道国对劳动力的要求，导致东道国加大对高等教育的投入。同时，跨国公司也通过赞助、奖学金等多种方式，对东道国教育机构的发展起到推动作用。另一方面，大部分的国际企业都会为自己的雇员提供不同种类、不同层面的培训。

许多研究探讨了在发展中国家管理技能的溢出。Gershenberg（1987）研究了在肯尼亚的跨国公司进行的培训和管理技术的溢出。他收集了41家制造企业72位顶层和中层经理的详细职业数据，发现跨国公司比本地公司为经理们提供了更多的培训（陈飞翔、郭英，

2005）。Blomström & Kokko（2003）认为离开跨国公司加入本地公司的经理人导致了商业管理技能的扩散。不过跨国公司经理人的流动率一般都会低于本地公司。跨国公司的薪资水平比较高，这很有可能部分出于防止人才流失的考虑。

Holger Görg & Eric Strobl（2005）提出，通过实证研究发现一些曾经就职于跨国公司的员工创办自己的公司后，他们的公司具有相对其他企业更好的业绩。这证明这些人把在跨国公司中积累的经验带到了本行业的新本地公司中。他们的研究是建立在经理人因为外因做出跨国企业转移到本地企业的决策，这样的假设并不能完全说明问题。在今后的研究中从内生原因的角度来探讨他们的决策是很有必要的。

关于科技技术培训方面的研究相对较少。Behrman & Wallender（1976）发现溢出也发生在科技技术培训方面。Chen（1983）研究了香港地区的技术溢出，发现跨国公司培训的次数和投入的资金都远远大于本地公司，并认为外资公司对香港地区的贡献很大程度上在于各个层次的员工培训。

在国内的研究中，江小涓（2004）发现跨国公司在华研发机构中出现了高级研发人员回流国内研发机构和企业的新现象，人员流动开始成为重要的技术扩散途径。王恬（2008）采用我国制造业企业面板数据，实证分析了人力资本流动对企业生产率的影响。实证分析表明，当高技术员工从外国企业流动到内资企业时，显著提高了内资企业的生产率水平，这表明人力资本流动是技术溢出效应的一个重要的作用渠道。

由于很多跨国公司都实行人才本土化战略，如可口可乐在中国的28 个公司、34 个罐装厂及其他所有办事机构，选用的都是本土化的人才。因此，在中国，99% 以上的可口可乐系统员工是中国籍，在可口可乐北京区，除总经理和财务总监分别来自中国台湾和澳大利亚外，其他清一色是大陆本土人（王峰，2009）。这种本土化人才战略带来了人才溢出效益。

IBM 报告（2005）指出，亚太地区跨国公司中的中层和高层经理人员的离职率在全球范围内是最高的，高素质的管理人才经常是国有企业或民营企业追逐的目标（王建强，2005），同时由于薪酬较低、缺乏职业发展前景以及对绩效评估不满意，许多中国本土经理离开了外资企业（杨河清，2006）。这些现象突显了这样一个事实：跨国公司人才开始向本土企业溢出。

本土人才通过担任各种职务，吸收和学习跨国公司所带来的各种先进技术、管理模式、经营理念等，提高了其国际经营管理能力，最终成为新型的企业管理专家（黎家琪，2008）。

袁勇志、宋典（2009）两位博士认为跨国公司人才溢出对区域人才效率有两条作用路径：一是跨国公司人才流向本土企业后，将以前在跨国公司培训和工作实践中学到的先进技术、知识和管理经验等转移到本土企业，进而实现本土企业的技术变革和创新；二是他们流向本土企业后，通过带动本土企业员工向他们学习或互相学习，本土企业人才也会提高劳动生产率，促进企业发展。人才溢出对区域人才科技贡献率也有影响。跨国公司人才溢出可以显著提升研发在区域 GDP 中的比例。同时研发投入的增加会对区域专利申请产生影响，伴随着研发投入的增多和技术的更新，本土企业技术创新能力得以提升，专利申请的能力就会提升，同时通过与跨国公司进行交流和学习，本土企业的专利申请能力也会得以提升。最后跨国公司人才溢出会大大促进区域人才国际化（袁勇志，2009）。

技术溢出

技术溢出的根本原因在于资本和劳动力要素，在本质上表现为信息和知识，具备自然的外部性，在与生产过程结合的过程中，产生扩散和对外传播（张洪潮、张培智，2007）。跨国公司是世界技术创新的主导力量，世界上 70% ~ 80% 的技术成果是跨国公司开发的（汪开鹏，2009）。当跨国公司进入时就有可能带来技术溢出效益。并且，我们可以把跨国公司先进的管理经验与思想也认为是一种特殊的技术，这样对技术溢出的综述为我们了解西方管理思想与方法对中国企业的影响提供了有价值的参考。

对于跨国公司的技术溢出是否存在，何淑明（2007）副教授在她的文章中进行了总结：以 Caves（1974）、Globerman（1979）、Blomstrom（1983、1986）等为代表的经验研究在不同程度上表明，跨国公司对东道国的技术溢出效应是存在的；然而，以国际货币基金组织的 Aitken 和 Harrison（1999）等为代表的研究结果却表明，跨国公司对东道国的技术溢出效应是不存在的。针对这两种截然相反的结论，1994 年瑞典斯德哥尔摩大学的 Kokko 教授在《技术、市场特征与溢出效应》一文中指出："出现这种矛盾结果的可能原因之一，是不同国家、不同行业的特点对外商直接投资的溢出效应是有影响的。"

国内学者对行业层面技术溢出效应的研究主要侧重于行业内的技术溢出效应，研究内容也主要集中在技术溢出效应是否存在，影响技术溢出效应的因素以及技术溢出效应的作用机理等 3 个方面。

秦晓钟、胡志宝（1998）直接针对影响我国外商直接投资行业内技术溢出效应的因素进行研究。该研究利用 1995 年工业普查数据，对 39 个行业进行检验，得出了技术溢出效应明显存在的结论。刘煌辉、程欣（1999）认为，技术溢出途径有两种：一种是由于跨国公司输入的技术本身被东道国企业模仿、消化、吸收，导致了东道国企业的技术进步，这种途径被称为技术溢出的硬途径；另一种是伴随着技术转移活动的过程，带动了东道国企业的技术进步，这种途径被称为技术溢出效应产生的软途径，又称为潜途径。何洁（2000）利用 1993～1997 年我国除海南、西藏和台湾以外的 28 个省连续 5 年的数据，对我国内部因素对跨国公司在我国工业部门的技术溢出效应的影响进行了经验研究。研究发现，技术溢出效应的发挥受当地经济发展水平的门槛效应制约，认为单纯提高一个地区的经济开放度对提高跨国公司的技术溢出效应水平是没有意义的，甚至有负面作用。技术溢出效应正向促进作用的发挥必须建立在经济发展水平的提高、基础设施的完善、自身技术水平的提高和市场规模的扩大的基础上。

何淑明副教授的国内跨国公司技术溢出效应研究述评给了我们很多启示。在阅读国内其他关于跨国公司技术溢出的文章后，对溢出效应的途径总结主要有：

（1）竞争。跨国公司的存在通常会给当地企业增加竞争压力，通过打破原有的国内市场均衡，促使国内企业提高生产率，从而间接地使国内企业的技术效率和开发能力得到提高。

（2）技术的示范和模仿。跨国公司的进入给国内提供了某种可能会成功的生产方式和组织方法的示范。跨国公司与当地企业之间的近似性可能会鼓励后者通过逆向工程、签订个人合同等方法模仿跨国公司所使用的技术。

（3）人才流动效应。在跨国公司里的员工后被当地企业雇用或自办企业时，可能把获得的技术、营销、管理知识扩散出去。

（4）产业间溢出。当地企业通过与跨国公司的前向后向关联得到技术。前向关联是指由东道国当地厂商为跨国公司提供的成品市场营销服务，半成品、零部件或原材料的再加工及各种服务。后向关联是指由东道国当地厂商为跨国公司子公司提供成品生产制造所需的原材料、零部件及各种服务。

（5）各类事务所、技术支持等中介。服务机构与跨国公司之间的合作和联系程度，也会对跨国公司的技术溢出产生较大的影响。

高山行教授等对上百家企业包括跨国公司，以及中国香港、台湾地区企业在内地的独资、合资公司等进行调研，通过实证研究证实了以上其中的三条途径与跨国公司技术溢出有显著正相关关系，这三条途径是：①竞争企业的技术模仿与信息获取程度；②产业间溢出即跨国公司对上下游企业的技术支持；③跨国公司与当地中介联系程度。另外，在研究中发现，跨国公司同我国本土企业的技术差距与技术溢出存在比较显著的正相关关系（高山行、李亚辉、徐凯，2007）。

曾刚教授以上海浦东新区为例做了技术溢出与溢出地技术区位研究，在途径方面，浦东新区跨国公司技术的前后向溢出（与产业间溢出相似）是通过与供应商和销售商的联系实现的。从供货商和销售商的绝对比重来看，跨国公司在上海本地的前后向技术溢出十分明显。跨国公司对员工培训的强度明显高于本土企业，其生产工艺技术培训将更高级与复杂的母国技术转移给了东道国，并通过与企业总部保持联系使员工得到最直接、高效的培训，有效增强了本土员工的技术水平与操作技能（人才流动可能带来溢出效应）（曾刚、林兰，2007）。

跨国公司的技术溢出能够从多个层面促进东道国的经济发展，尤其是提高东道国企业的劳动率。然而技术溢出并不是自然而然的，它受到东道国吸收能力的影响，主要包括技术水平差距、东道国经济政策、市场竞争水平、人力资本水平等。人力资本是吸收能力的重要因素，东道国的人力资本可以通过直接和间接方式实现跨国公司的技术外溢。总体来说，如果东道国的人力资本水平比较高的话，也就意味着学习能力比较强，吸收跨国公司的技术转移自然更容易。

然而，人员流动产生技术溢出的具体过程还没有得到比较完备的研究。培训的种类、程度、人员以及外企到本地企业人员流动层次、决策等对溢出效应的影响还有待更为深入的研究。此外，案例研究方法也可以更多地采用。

无论是前后产业链条上的技术溢出，还是与中介服务机构的联系带来的技术溢出，管理方法和管理模式就在这种溢出中逐渐为许多本土的中国企业所知晓、模仿和学习。

总的说来，在直接与本研究主题——西方管理思想与方法对中国企业管理影响的研究方面，定性的论述研究为主，目前尚未见到定量的实证研究的文献；从管理者价值观以及管理者价值观对管理决策影响的研究方面，国外的研究成果比较多，而国内的研究成果就相对较少；就跨国公司的溢出效应来说，对于技术溢出效应的研究比较系统，对于人才溢出效应的研究相对较少。因此，本研究试图在探索性研究的基础上对前两个方面的问题进行深入研究，而第三个方面则为西方管理思想与方法对中国企业产生影响的渠道确定提供了思路。

第 **3** 章

什么最成功、最西方、最中国式

探索性研究的主要内容及发现

为了更好地获得实践界的视角和研究假设的提出，项目研究团队设计了探索性研究所用的调查问卷，针对有丰富经验的中国企业高层管理者进行发放。具体来说，探索性研究调查问卷包括四大题，全部为开放题，问卷的具体内容见附录 A。按照这样四个开放问题的设计，我们还对企业高层管理者和管理研究者进行了近 50 余人次的访谈，目的是为了更深入地获得问题的解释。问卷调查对象为清华经管学院的 EMBA 学员和高管培训中心的高经班学员，最终每道题有效回答的问卷占发放总数的 90% 以上，获得了比较高的反馈率，问卷是有效的。问卷的有效回答具体情况如表 3-1 所示。

表 3-1　调查问卷有效回答情况统计

题号	发放份数	有效回答数	回收率（%）
01	345	343	99.42
02	345	337	97.68
03	345	335	96.81
04	345	314	91.01

‖ 管理者心目中"中国最成功的企业" ‖

在这个问题的回答中，被调查人列举在他们心目中中国最成功的 3~5 个企业，排名不分先后。总体看来，在这个问题上被调查人能够达成普遍的共识，几家国内知名企业在答案中频繁出现，被提及次数远远领先其他企业，明显受到大部分人的认可。

我们统计了在本题中被提及次数大于等于 2 的企业，按照行业对它们进行分类，具体如表 3-2 所示：

表 3-2　被提及企业的行业分类

行业	企业	被提及次数	行业	企业	被提及次数
地产	万科	71	体育用品	李宁	3
电力	国家电网	4	金融	招商银行	26
	华能	4		平安保险	5
电子产品	联想	182		工商银行	2
	中兴	8		建设银行	2
	清华同方	3		民生银行	2
	华旗	2	能源	神华集团	7
钢铁	宝钢	19		中石油	18
互联网	阿里巴巴	16		中石化	19
	华为	151		中海油	8
	新浪	8		尚德	4
	百度	13	汽车	奇瑞	6
	分众传媒	11		吉利	4
	盛大	3		万向	7
	搜狐	3	食品	蒙牛	48
	腾讯	4		茅台	6
家电	海尔	196		伊利	4
	国美	42		青岛啤酒	10
	苏宁	2	通信	中国移动	34
	TCL	4		联通	2
	格力	19	运输	中远集团	7
	美的	5		中集集团	4
	海信	4		南航	8
	格兰仕	5		国航	2
微电子	中芯	2	综合	希望集团	7
	中星	2		华润集团	7
建筑	中建	3		德隆集团	2

注：被提及次数即在 343 份问卷中提到该企业名称的问卷数。

被提及次数排名的统计情况如表 3-3 所示：

表 3-3　被提及企业出现的频次

企业	被提及次数	所占比例（%）
海尔	196	57.14
联想	182	53.06
华为	151	44.02

（续）

企业	被提及次数	所占比例（%）
万科	71	20.70
蒙牛	48	13.99
国美	42	12.24
中国移动	34	9.91
招商银行	26	7.58
宝钢	19	5.54
格力	19	5.54
中石化	19	5.54
中石油	18	5.25
阿里巴巴	16	4.66
百度	13	3.79
分众传媒	11	3.21
青岛啤酒	10	2.92

注：1. 本表之选取只统计被提及次数大于 10 的企业。
 2. 所占比例为提到该企业的问卷数占 343 份问卷的比例。

从中国式管理的样本选择结果看，许多项目研究中的样本企业都出现在这个表中，也反映了实践界的模糊标准和学术研究的具体标准的相对一致性。

‖ 中国企业成功的最关键因素 ‖

在对中国企业成功的最关键因素进行反馈的时候，被调查者给出337 份有效问卷。我们选取被提及次数大于等于 5 的因素，并分为企业外部因素和企业内部因素两大类。具体的统计结果如表 3-4 所示：

表 3-4　企业外部因素

关键因素	被提及次数	所占比例（%）
政府（处理好与政府的关系、政府政策、政府环境、政府效率等）	151	40.05
国家宏观环境（政治体制、经济体制、中国的经济政策和政治稳定、宏观调控性政策、整体社会政治经济环境、国家政策、国家产权制度因素等）	133	35.28

关键因素	被提及次数	所占比例（%）
市场因素（市场规则、市场营销、市场能力、市场策略、市场机遇、竞争程度等）	57	15.12
发展机遇	25	6.63
国际化（有国际化视野、观念、策略及管理制度，应对国际竞争融入国际化的能力）	20	5.31
行业	16	4.24
法律法规	7	1.86

注：被提及次数即在337份问卷中提到该因素的问卷数量。

表3-5　企业内部因素

关键因素	被提及次数	所占比例（%）
企业家个人能力（企业家自身素质及综合能力，企业家眼光、胆略及综合素质、领导者的理念、思维、见识、境界，领导者的人格魅力，创业激情）	116	34.42
企业管理（内部管理水平，中西合璧的特色管理，管理方式适合中国国情及企业自身实际情况）	74	21.96
人才（有好的人力资源配合）	59	17.51
企业发展战略（符合潮流的发展战略，具有战略思考的能力）	51	15.13
创新	49	14.54
技术、知识产权	37	10.98
企业内部机制（企业机制和内控，内部管理水平，企业激励机制，国有企业的关键是改变管理机制）	34	10.09
企业文化（企业文化建设；西方管理理论与中国文化的有效结合；清晰的战略，符合中国现状的强势的企业文化观念）	33	9.79
资金（资本渠道，资本运作，资本经营与盈利模式）	31	9.20
团队	28	8.31
资源优势	17	5.04
执行力	16	4.75
公司治理	10	2.97
商业模式	7	2.08
品牌	7	2.08

（续）

关键因素	被提及次数	所占比例（%）
服务	7	2.08
经营理念	7	2.08
质量	5	1.48
诚信	5	1.48

政府 VS 市场

从调查结果来看，44.81%的被调查者认为政府是中国企业成功的关键因素，而市场的因素只占到16.91%。这一方面说明，在当前的经济环境下，政府的政策、资源导向决定着相关行业的兴衰。如当前政府重视科学发展观，号召节能减排，那些高能耗、高污染、低附加值的企业可能面临更大的风险；而一些高新技术企业则可能得到政府的大力支持，从税收政策到银行贷款等环节得到特有的利益。另一方面，由于国内的市场机制还不完善规范，导致出现不公平竞争、恶性竞争等，扰乱了市场正常的秩序。如果能得到政府特有的行政资源，企业可以在竞争中获得垄断地位，从而获得更多的利益。

许多被调查者认为，大政府小市场也是中国式企业管理的特色之一，诸如这样的表述非常多："企业离不开政府的主宰，政企合一"；"政府主导，政府参与程度仍然较高"；"对政府客户关系管理与营销管理"；"政府关系，政府干预，有效地运作政府资源"；"中国式的宏观调控管理，市场经济与政府管理相结合"；"市场与法制还不规范，产业的选择，机遇的掌握有其特色"；"缺乏诚信基础的聘任和授权关系"；"市场规则不是很规范，有市场管理不完善的情况，需有关系资源"。

中国企业在其发展、生存、成长的过程中，都离不开政府的政策、资源等。特别是大型国企的技术、资金、人才都是政府一手配置的，占据着市场的垄断地位；大型民企的发展背后也有当地政府的支持和特惠资源。而目前中国的市场与法制还不规范，相比公平的市场竞争，能够利用到政府资源的企业能获得更多的利益、更快的发展。因此在企业管理中，政府作用因素较大。

企业家个人 VS 团队

从调查结果来看，34.42%的被调查者认为企业家对企业成功起关键作用，而团队只占8.31%。目前，大部分的中国企业十分依赖企业家个人的能力，企业家个人的能力直接决定着企业的生死存亡。团队是企业管理中的中坚力量，搭配好团队是企业长期发展的关键，只有优秀的团队才能源源不断地培养锻炼企业所需的人才，过分依赖企业家个人的能力，长期可能造成管理断层，一旦领导人离开职位，企业马上陷入困境，这与中国的民企二代现象极为相符。

‖ 最适合中国企业的西方管理方法 ‖

被调查人对第三题的回答差异比较大，总的来说可以总结为六个方面，每个方面的内容按照出现的频率排列，具体内容如下所示：

一、体制与体系建设

信息化管理；法人治理结构；营销管理；平衡计分卡绩效考核方法；有效的 ERP 管理；财务分析与财务管理方法；企业组织结构建设；战略管理；西方会计制度；组织行为管理；质量管理；股份制；公司治理结构；所有权与经营权分开；标准化流程；全员质量管理；PDCA 质量控制方法；Top down 管理；产权制度；成本管理（计算）；明确的目标考核机制；良好的财务分析方法；目标责任制；总经理负责制；规范的管理制度和程序；财务评价指标；科学管理；三权分立式的现代企业权力机制；审计制度；建立完善的

管理程序；竞争机制；供应链管理；沟通反馈监控系统；预算管理；层次管理；董、监的管理体制的应用；董事会领导下的总经理负责制；健全的人事制度；现代企业制度——三会制度；库存计划；质量；生产管理体系和手段；客户关系管理；资金管理。

二、管理思想与工具

六西格玛；精细化管理（TPS）；KPI 管理；资本价值理论；企业管理中应用科学模型；成本控制；现代决策方法（决策树、动模型等）；定量分析方法；项目管理；风险管理；TQC（日本）；决策分析；EVA 说明；现代公司治理观念的运用；韦尔奇的差异化管理；SMART 原则；产业分析；波特理论；市场细分理论；权变理论；德鲁克的管理方式；日本的细节决定成败；PDCA 循环；IQC 质量管理；ISO9000 认证；BSC 管理；海氏评估法；SWOT 战略分析；MBO 说明；卡普兰平衡法；量本利分析法；决策树；边际成本法；矩阵式管理；压力模型；工业工程等科学管理方法；定位理论；情景管理；标杆管理；全员管理（日本）；ISO；JIT。

三、人力资源

股权激励；薪酬制度；变人事管理为人力资源管理；职业经理人的选聘办法；企业管理层激励方法；绩效考核（管理）；绩效评估体系；一线人员的教育；合理明晰的流程；人员、劳资管理办法；最大化满足经理人的物质享受；流程建设；培养人才，建立企业文化及伦理；培训，提供终生就业的能力；高素质人才；发挥CEO 作用，制度规则完善。

四、文化精神

企业文化；严谨、认真的岗位工作；以人为本；正确的价值观；交流技巧；人性化（企业文化）管理；员工责任心；强执行力；团队合作；文化管理；诚信；平等竞争的环境；竞争战略；打造企业文化，培养现代企业员工。

五、战略规划

企业发展战略；制定科学的战略规划，定位准确；战略规划；战略管理意识和方法。

六、经营策略

扁平化管理；企业信息化；理性的数据分析；整合营销传播；融资渠道和手段；遵循市场规律；以市场为导向的管理方式；技术创新；利用科学手段，将一些繁杂的信息数据化，寻求规律求解；注重实证和效率；产权明晰；用市场的方式建立垄断；股东利益最大化作为企业目标；风险控制；规范的创新体系；金字塔式管理；系统思维价值投资；岗位精确化；流程精细化；证券融资；财务软件；连锁经营；规模经济；资本结构的重整；资本运作、借力扩张；产业分工和专业化；独立董事的作用；产品开发；市场开发；品牌策略；适应国情；高度关注并以充足财力支撑研发系统。

上述的划分是非常简单的，分类也并不严谨，但是被调查者的反馈（上面提到的还是反馈中出现得相对比较多的，就已经近百种）一方面体现了被调查者对西方管理思想与方法的了解程度参差不齐（因为有些内容谈不上是西方管理思想与方法），另一方面又体现出西方管理思想与方法对中国企业管理的各个方面、各个层次都有所影响的现状。

这个结果既在意料之中，又再次将前面提到的研究难点展现在我们面前。如何在这个清单中寻找实证研究的突破口呢？在探索性研究进行中，我们决定通过深度访谈缩小这个清单，并结合其他渠道的信息来进行最终清单的确定。

‖ 对"中国式"企业管理的初步解析 ‖

在314份有效回答的问卷中，5.09%的人认为不存在中国特色的管理方式，94.91％的人认为存在中国式管理。其主要内容总结为 以下几方面。

中国式企业管理的思想来源主要是两个方面：

第一方面是中国古代哲学思想，包括以儒家和道家思想为主的管理；中庸、阴阳文化；"后发制胜"、"无为而治"的思想；中国式的企业文化机制是人和中庸的企业经营理念；孙子兵法与营销，国学与企业管理；中国企业管理中心的"道"和"法"；毛泽东思想管理企业的模式；中国传统的思想教育。从调查结果的情况来看，大部分被调查者所理解的中国式管理蕴含了中国古代哲学思想，比较认可5000年来中华民族积淀的本土思想。其中，儒家思想的企业管理最具中国的特色。

第二方面是拿来主义，也就是对西方管理的学习，被调查者提到，"用《论语》来塑造企业文化，培养企业道德和行为规范，用《易经》的智慧来面对变化，引导企业变革和创新。同时充分借鉴西方管理学精华，并着力改造中国的社会及人文环境。尤其是中国人的思维惯性、行为惯性"；"先学会拿来主义，再结合中国企业的实际国情（包括文化、思维、习惯、氛围等），创造出中国式的盈利模式"；"中西文化融合下的人本文化和结果导向的融合，西方的管理方法和手段融合中国的人文背景"；"先进管理经验与中国管理实际相结合"；"西方管理方法＋中国本地化；中国古典文化的精华应用于现代管理之中；用西方先进的管理理论和经验与中国具体实践结合，运用西方先进的管理理论和经验与中国文化相结合"。

随着经济全球化的进程，世界范围内的企业竞争日趋激烈，各种思想的碰撞也越来越激烈，借鉴和吸收外来先进的文化正是中国企业发挥后发优势、实现赶超发展的必经之路。在外来管理思想涌入的过程中，国内企业更要做好本土化文化融合的工作，才能真正发挥实效作用。

这样的结果也充分说明背景研究的必要性，从源头和环境对中国企业管理的特色进行分析，才能发现真正有中国特色的管理特点和模式。

在被调查者的回答中，提到了以下他们认为具有中国特色的管理特点：

（1）企业领导的个人因素：企业领导者的个人因素在管理中起决定性作用；员工需要理解领导人的隐含意义；企业领导人的权力相对集中，带有封建家长式的集权色彩，重视情感融合。

（2）决策模式：一把手管理；集体讨论，一把手决策；党的领导下的集权制，先民主后集中；党委会集体决策重大事宜；绝对服从，一言堂；党委书记加总经理（厂长）。

（3）管理重心：人本主义的管理；对人管理重于对事情管理；人本思想指导下的中国式的管理；思想政治工作——稳定和谐，以人为本；企业中的党委纪委以及相应的思想政治工作和监督制度；中国式管理非常强调"以人为本"，讲求稳定和谐，认为人是管理过程中最重要的环节和组成。

（4）家族式管理：家族式用人机制；职业经理人与家族式管理团队的混合体；家长式的专权独断。

（5）非理性管理：情感管理；讲人性化的情感管理；柔性管理；注重人的内心的管理，注重中庸、适度注重企业与周围环境的相融；经验式管理、随意化管理；国企中党委书记兼董事长，企业中讲级别，民企中的亲情式管理；企业文化与团队管理上，感性与理性的有效结合；利用影响力实施管理，而不是权力；传、帮、带的师承式管理；"中庸式"管理；结果管理重于过程管理；忠诚度的考验比重大于业绩能力考核，用忠不用贤；情、理、法的融合；情、理、法的管理顺序理念；理、法、情的结构就是典型的中国式管理，其他都是由此派生；法制和以德治理；以法治企的条件下，也要强调以德治企，强调以厂为家，发挥思想政治工作优势；情理并重；法律制度与中国传统文化的结合；制度与人情的融合；制度化管理加上中国人情味；情感在管理中的作用，思想领袖的魅力。

上述被调查者提供的表述也反映出，中国几千年来的传统文化氛围决定了人情仍然是社会价值观的重要因素。目前大部分社会成员还是比较尊重传统的道德伦理，法律法规在中国的普及程度还不够。企业管理中法治、德治、人治三者交融在一起。

（6）重视关系。在学术界关于社会价值观的研究中，重视关系一直是中国社会的显著特征之一。调查结果也充分验证了这一点。"重视人际关系、人脉关系，存在深厚的人脉文化和发达的关系网络"；"充分发挥人际关系的各种效应"；"用人脉资源去解决问题，充分发挥人际关系的各种效应"。这些表达也都反映了关系管理在中国企业管理中的重要地位和意义。

对于中国式企业管理基础科学的研究，被调查者也提出了自己的看法，"中国式管理要对国情、文化有深刻理解"；"中国式要结合我们的文化、历史，结合中国的国情"；"人文管理，从实际出发，灵活多变的管理方式"；"中国企业最适合的管理方式都具有中国特色"；"任何先进的管理方式都是在特定时间、特定国情下产生的；中国企业要管理好，就必须有适合自身条件的方式，完全照搬照抄肯定不行"。

"无论从事什么行业，也无论是国有、私营、股份制，确实存在所谓'中国式'的管理方式。这是由中国5000年文化所延续的，是在中国特殊的文化背景下产生的。其方式为：子承父业、家族管理、相互牵制。"

"文化和背景必然影响管理方法的使用。虽说不清什么是中国式管理，但用国外的一些方法往往不能生搬硬套，由于传统文化和以前经营思路的影响，我们的'改革创新'必然是渐进式的"。

"中国式管理是以情、理、法相适应的管理体系以及方法体系，企业必须有一个毫无争议的核心，所谓'民主式'的管理方式对我们是不适用的。我们要做的是如何形成一种核心，产生更新的考核、评价与淘汰的科学机制。绝不要把管理方式的研究复杂化，搞得最后大家都不知道它是什么东西。简单、实用即为至上至美。"

"中国式管理是一个以时间为维度的动态方式，但一定会贯穿历史文化背景，符合中国人思想行为方式和学习西方先进管理方式相结合的方式才是'中国式'的方式。"

在提到的中国式企业管理的代表模式中，被调查者给出了如下回答，首钢的经验和管理方法、华为的管理方式、海尔模式、邯郸钢铁的成本预算、鞍钢模式、蒙牛模式、浙江万向模式、近代晋商钱庄的管理模式等。

而认为不存在中国式企业管理的被调查者则给出了下面这些理由：

"管理其实质或根源应该是相同或相似性的。目前的'中国式管理方式'应该是融入不同中国文化而形成的。所以我并不认为存在纯粹的中国式管理方式。但中国特色的一些管理方式还是存在的，如扁平化机构、一把手管理，等等。"

"管理是相通的，我认为所谓有中国特色的有效管理方式并不存在，有人说中国式管理是'家长式'的、'家族式'的，其实那种方式全世界都存在"；"中国人对人和事的管理不同于西方，其做法体现运动变化的传统思想，但现在尚不很系统，未纳入管理学范畴。"

探索性研究的所得是丰富的，不仅契合本背景研究的范畴，对于整个中国式企业管理科学的研究开展都提供了实践界的视角和启示。对于本背景研究来说，主要是提供了西方管理思想与方法的基本清单（经过结构化访谈和试测的修正调整，最终形成了实证研究中的备选项）。另外，探索性研究中关于西方管理思想对中国企业的影响和局限的一些观点也为实证研究中假设的提出提供了基础，同时明晰了西方管理思想与方法对中国企业影响的三条路径：第一，全球化经营环境的要求影响中国企业；第二，通过对中国企业管理者的影响来影响中国企业的管理决策和行为；第三，西方管理工具的直接应用影响中国企业管理体系。

第 **4** 章

西方管理思想与方法对中国企业产生影响的时间维度和媒介维度

▌西方管理思想与方法影响中国的时间维度划分 ▌

从改革开放至今，西方管理思想与方法对中国企业产生影响可以分成三个阶段。

第一阶段：（1978～1990 年）西方管理思想早期的引入——扫盲阶段

第一阶段从 1978～1990 年，这是西方管理思想传播的先期阶段。在这一时期，以 1983 年袁宝华同志提出的"以我为主，博采众长，融合提炼，自成一家"16 个字为指导思想，形成了引进、学习和借鉴国外先进的管理理论、管理技术和管理方法的重要阶段。主要存在如下四种传播渠道：

（1）改革开放初期的中外管理培训中心的建立，培养了大量的企业管理人员和高校教师。例如 1979 年 1 月中美两国政府合作设立"中国工业科技管理大连培训中心"，这是中国改革开放后第一个引进国外现代管理教育的办学结构。该中心引入了案例教学法，旨在培训中国企业管理人才，并于 1980 年启动了第一批厂长班（赵纯均、吴贵生，2008）。

（2）高等院校于 1978、1979 年组建、恢复相关的管理专业并开始招收学生。在综合院校和财经院校恢复和设立了企业管理、财务、会计等专业，在工科院校设立了管理工程、管理信息系统、技术经济、系统工程专业。1984 年在几所重点大学成立了经济管理学院或管理学院；而 1982 年，根据中国和加拿大政府之间的合作协议，加拿大国际发展署（CIDA）开始与我国的管理教育机构合作，并于 1983 年与南开大学合作培养 MBA。

（3）各个省在经委领导下相继成立了经济管理干部学院；1979 年 3 月，国家经委举办企业管理培训干部研究班，标志着我国企业管理培训的开始。

（4）合资、技术引进以及自己组团的企业高管人员的出国考察和培训，培养了一批目前仍活跃在中国经济舞台上的企业高管。

这一阶段是从引进西方管理思想理论、工具方法中起步的。在这一阶段，企业与管理工作者，很多知名大学的教授都是在讲授翻译过来的东西，首先听到或看到外国文献中的某些新名词、新概念，立刻迅速在中国广泛传播。从 1981 年开始中国社会科学出版社出版的《国外经济管理名著丛书》，比较系统地收集了国外经济管理理论中各重要学派的一些代表作近 40 本。包括科学管理之父泰勒的《科学管理原理》、巴纳德的《经理的职能》、明兹伯格的《经理工作的性质》等一批管理领域的经典著作。这个阶段，这些学者、管理者的大力引进、宣传推广，极大地推动了我国的管理学热潮的兴起。

也是在这一阶段，我国的管理学者和政府部门将国外的先进管理经验归纳总结成 18 种科学的管理方法和管理技术，这 18 种方法包括：①经济责任制；②全面计划管理（包括目标管理）；③全面质量管理；④全面经济核算；⑤统筹法（网络技术）；⑥优选法（正交试验法）；⑦系统工程；⑧价值工程；⑨市场预测；⑩滚动计划；⑪决策技术；⑫ABC 管理法；⑬全面设备管理；⑭线性规划；⑮成组技术；⑯看板管理；⑰量本利分析；⑱微型电子计算机辅助企业管理（苏勇，刘国华，2008）。这些方法有些来自邻国日本，但大量还是来自西方，而且多数都与企业的计划和运营管理相关。这些国外管理方法的归纳和总结也为其广泛传播和使用创造了有利条件。

第二阶段：（1990～2000 年）西方管理思想与方法的广泛传播与使用——模仿与学习阶段

在这一阶段，西方管理思想与方法的传播渠道日渐丰富，而中国企业对于这些基本理论和概念也已经变得非常熟悉了，并开始在管理实践中模仿使用，管理学习进入到从知到行的阶段。

更多跨国公司在中国的业务开展，加之出版界出版了大量世界著名企业管理模式方面的书籍，IBM、通用电气、宝洁、戴尔、福特、惠普等大企业的管理理念和管理模式开始进入中国企业的视野。一些中国企业还采用了对标管理的学习方式，主动寻找行业内外在各个方面比较有优势的企业，作为自己的对标对象。这种学习本身，就使得对标企业的具体管理方法逐渐进入中国企业。

另外，管理咨询和培训行业的发展，尤其是国外咨询公司在中国的业务拓展，使得面临变革并寻找变革解决方案的中国企业直接得到了许多咨询建议，即使在执行过程中会遇到一些阻碍，接受咨询的全过程也使得中国企业及其管理者更广泛深入地了解了西方管理的体系和模式。

第三阶段：（2001 年至今）西方管理思想与方法的谨慎使用——融合创新阶段

进入 21 世纪，中国经济持续快速的增长也带来了中国企业的成长以及实力的增加，伴随企业管理实践的丰富，中国企业对西方管理思想与方法的态度也经历了从"拿来主义、全盘接受"到"西为中用、中西结合"的改变。许多企业不再简单模仿西方管理的工具或者模式，而是结合自己的发展特点和管理经验，总结提炼自己的管理特色，形成有个性特点的管理模式。以陈惠湘的《中国企业批判》为起点，许多中国知名企业的管理逐步进入管理学者和媒体作者的视野，以联想、海尔、华为、万科、格力、百度、蒙牛等企业的管理模式为主题的书籍都在数十种。随着中国企业管理者领导力的成熟，中国企业高层领导或自己著书立说，或成为写作主题，相关出版物也日益增加，这些也都促使中国知名企业的管理模式为其他中国企业所借鉴，管理方法与手段的融合创新非常鲜明地体现在这些书籍中。

许多中国企业管理者也有类似的三阶段的划分方法。如前文提到的亚信首席执行官张醒生中国企业管理模式三部曲的概念，华为公司任正非的"三化"理论，这些提法与我们前面总结的三个不同阶段的特点基本是异曲同工的。

西方管理思想与方法的传播媒介研究

在西方管理思想与方法对中国企业产生影响的不同阶段，传播的媒介和渠道是非常不一样的，尤其在后面两个阶段，西方管理思想与方法的传播渠道呈现出系统化、多元化的新特点。

结合相关的资料整理、文献研究和前期探索性研究的发现，西方管理思想与方法传播的媒介主要包括以下方面：国内工商管理教育和管理培训产业的发展、西方企业管理方面书籍的引进、翻译和出版、西方专家学者来华讲座和指导、管理咨询业的蓬勃发展、跨国公司的人才溢出与管理经验输出、各种国际标准的认证体系的全面推进、出国考察和访问。

这些传播媒介形式各异，对于中国企业产生的影响也各有不同，下面我们分别具体加以阐述。

国内工商管理教育和管理培训产业的迅猛发展

1. 国内工商管理教育和管理培训产业迅猛发展

（1）从 MBA、EMBA 项目来看。从 1991 年我国开始试办 MBA 以来，中国的 MBA 教育应运而生、顺势而上已经达到年招生 2.5 万余人的规模，每年的申请人数都会超过 6 万人。根据全国 MBA 教育管理指导委员会的最新消息，截至 2009 年，教育部批准的有 182 个 MBA 项目，62 个 EMBA 项目。EMBA 截至 2008 年累计招生 2 万人，估计 1 万人已经毕业。中外合作 EMBA/MBA 项目达到 64 个。

（2）从中外合作办学机构来看。据不完全统计，截至 2002 年年底，全国共有中外合作办学机构和项目 712 个，与 1995 年初相比，增加了 9 倍多，覆盖了 28 个省、自治区、直辖市。从地域分布看，中外合作办学机构相对集中在经济、文化较发达的东部沿海省份及大中城市。办学机构和项目数位居前 10 位的有：上海（111）、北京（108）、山东（78）、江苏（61）、辽宁（34）、浙江（33）、天津（31）、陕西（29）、广东（27）、湖北（23）等省市，符合这些地区经济和社会发展对各类人才的迫切需求。从合作对象国别和地区分布看，外方合作者主要来自经济发达、科技及教育先进的国家和地区。排名前 10 名的是：美国（154）、澳大利亚（146）、加拿大（74）、日本（58）、中国香港（56）、新加坡（46）、英国（40）、中国台湾（31）、法国（24）、德国（14）、韩国（12）等。从专业分布看，开设工商管理类专业（如工商管理、市场营销、会计学、财务管理、人力资源管理、旅游管理）的机构和项目居多，共 255 个，占 36%；外国语言文学类（如英语、德语、法语、俄语、日语）132 个，占 19%；电气信息类（如计算机、计算机科学与技术、电子科学与技术）94 个，占 13%；经济学类（如国际经济、国际贸易、财政学、金融学）74 个，占 10%；艺术类（如艺术设计、戏剧影视文学）37 个，占 5%；教育学类 19 个，占 3%；其他类 101 个，占 14%。

（3）从中国的管理培训市场来看。中国的管理培训市场自 21 世纪后就进入了高速发展时期，以高级管理培训市场为例，2002 年规模为 20 亿左右，2004 年已经超过 160 亿元，而 2006 年则高达 300 亿元（赵军，2006）。

2. 管理培训市场上的供应商

在管理培训市场上，主要存在着四大类供应商。

（1）学院派，包括国内外大学的管理学院和商学院提供的管理培训项目。无论是清华、北大，还是中欧、长江，都形成了自己的特色。清华、北大依托中国顶级学府的品牌优势，在政府、国企包括民营企业中不断开拓市场。中欧商学院则在外企享有一定的声誉。长江商学院在成功民营企业高管中颇有口碑，其教学为辅、交往游历为主的特点也格外突出。国内商学院还利用和国外顶尖商学院的合作在某些细分行业推出极具特色的培训项目，比如清华大学经管学院与法国 HEC 推出的时尚管理项目。

国外商学院也逐渐不满足于通过与国内商学院的合作来兑现中国经济快速发展所提供的市场机会，许多商学院通过在中国重要城市设立代表处，直接发展市场、寻找客户。加拿大毅伟商学院、澳大利亚墨尔本商学院等就是如此。英国著名的曼彻斯特商学院在 2008 年 10 月和上海宝钢签下高管培训大单，这个典型事件体现了中国企业海外扩张战略发展给国外商学院提供的宝贵机会。哈佛商学院的上海中心也于 2009 年春天在上海成立，种种这些迹象，都意味着更原汁原味的西方管理培训在中国管理培训市场上的出现。

（2）企业大学。这既包括跨国公司的企业大学，也包括中国大型企业的大学，如华润大学、海尔大学、白沙管理学院、蒙牛商学院等。这些企业大学（或商学院）通过自主研发的课程体系，借助部分企业外师资，以内部师资为主，对本企业的管理人员进行培训，有些情况下，也为企业客户等其他利益相关者提供培训。

（3）国内外咨询公司、培训公司。国外的咨询公司或者培训公司利用其国际化背景，进行本土化运作，借助其国际范围的资源配置，通过其严谨的流程管理、高质量的服务为培训客户提供完整的解决方案；而国内的咨询公司或培训公司则以细分市场为目标，在一些领域或者专题有很好的口碑，如派力营销在市场方面，西三角在人力资源方面，而且有些培训讲师也形成了自己的品牌课程，3A 管理、影响力、执行力等课程也有一定的市场。

（4）政府部门所属的事业单位或培训中心以及行业协会。这些机构由于与政府部门有着千丝万缕的联系，因此在市场推广方面有先天的优势，某些行业协会由于可以汇聚大量的行业专家、行业企业，并拥有一定的海外资源，研讨会、论坛形式的培训是其有竞争力的项目，并因其专业性和政策性受到一些管理者的欢迎。

四类供应商在管理培训市场上提供的产品虽然各有异同，但对于西方管理思想与方法的传播，都起到了加速器的作用。市场竞争本身的需要，促使各类供应商紧跟管理领域最新的进展与动态，因此西方管理世界的新概念、新理念、新方法能够被迅速地传递给中国企业和中国企业的管理者。

3. 工商管理教育和管理培训产业对中国企业产生的影响

总的来说，工商管理教育和管理培训产业的迅猛发展对中国企业产生了巨大的影响，具体来说有三个方面的影响。

（1）西方工商管理体系的系统和框架成为中国企业管理模式的主导框架，西方管理中对于一般管理职能的划分，成为中国企业组织结构设计的基础，也是研究企业管理模式的框架。按照战略、运营、市场、财务等的专业设计使西方管理思想中的分析观有了应用的基础，整体观的东方思维方式在这一过程中逐步让位。

（2）西方管理分析工具得到了普遍应用，继承改革开放初期对西方管理技术和方法的归纳总结，大量西方管理领域中的分析工具影响了中国企业的发展，尤其在战略管理方面，SWOT、PEST、五力分析、环境扫描等工具广泛应用，也提高了中国企业对内外部环境认知的广度和深度。

（3）通过管理培训和工商管理教育，中国企业管理者对管理的科学性认识得到迅速提高，科学管理概念得到迅速普及，这从一定程度上替代了原来许多企业经验管理的方式，在企业运营中，也逐步采用了大量的科学管理的工具和手段，这促进中国企业运营管理水平的普遍提高，从而为中国企业能够以满意的质量参与国际经济与贸易打下了基础。

跨国公司管理经验输出以及人才溢出效应

1. 跨国公司实践与管理经验输出

跨国企业进入中国不仅带来了先进的技术，更重要的带来了一套系统有序的管理方法。跨国公司的实践与管理经验输出主要有三种方式：

（1）企业大学。企业大学作为由企业专门出资建立的教育培训组织，将员工学习成长与企业经营管理紧密地联系起来，是一种有效提升企业核心竞争力的工具。据统计，在世界 500 强公司中，有高于 70% 的企业拥有自己的企业大学。下面这些跨国企业在华设立的企业大学各有各的特点和侧重。

摩托罗拉大学 最早在华开设企业大学的摩托罗拉中国公司，其摩托罗拉大学中国校区已开设有 5 个学院，授课范围从技术到管理一应俱全，其运作和体系非常接近综合大学的模式。据了解，这家企业大学的主要培训目标为自身客户、供应商和商业伙伴，其有关六西格玛解决方案的培训更是成为企业大学培训中的成功案例。

惠普商学院 惠普商学院被称为"中国职业经理人的黄埔军校"。与摩托罗拉大学不同的是，惠普商学院被完全定位于对外培训服务领域，包括 MBA 项目，而企业内训则是由公司人力资源部负责。而且在隶属关系上，惠普商学院也不在人力资源管理部门的架构体系下，而是归属于其客户服务部。

爱立信中国学院 爱立信中国学院则是将主要精力一分为二，除了培养员工，学院的另一大任务是为其客户、合作伙伴以及相关政府部门服务，并提供一些具有国际水准的学习机会和学习项目。

韩国 LG 电子商学院 LG 电子商学院除了为员工组织统一的英语

培训、学习英语外，LG 电子中国已经在公司内部展开了全新的核心人才培养方式——Global Job Training。从中国地区层层筛选出的 6 名核心人才，远赴美国、加拿大、英国等海外法人进行工作和学习，并将在此期间完成 Action Learning 课题，借此培养自身的国际化眼光和思维方式。

思科网络技术学院 思科系统公司十分重视帮助中国教育和培养网络人才，先后与国内 160 多所著名高校合作成立了思科网络技术学院。思科每年在国内举办数十场技术报告会和研讨会，向国内介绍当今世界最新的网络技术和产品。从 1998 年始，思科大学每季度都会组织针对经销商和用户的不同主题的技术培训。

（2）跨国公司创始人或 CEO 传记。CEO 的传记不仅是个人事业成功史，更重要的是它把知名 CEO 的管理思想介绍到中国，为中国企业家上了一场生动的管理实践课。根据当当网显示的在售图书信息，1979 年之后出版的国外知名 CEO 传记，约有 349 种；最畅销的传记性书籍排名前 10 名全部为西方人物传记，其中 9 人为企业的创始人或 CEO，其中介绍比尔·盖茨的相关书籍就有 80 种。杰克·韦尔奇所领导的 GE，很早就开始在中国开展业务，但是中国企业对于 GE 的管理模式产生更为浓厚的兴趣，还是从杰克·韦尔奇的自传和相关书籍出版以来开始的，GE 的数一数二模式、Work-Out（群策群力）等在中国变得耳熟能详，也促使许多企业，尤其是多元化的企业集团开始将其作为自己发展的模板，甚至提出了成为"中国的GE"的目标。

（3）跨国企业对中国市场的逐步进入。越来越多的跨国企业不再仅仅把中国当成生产代工厂，而是将研发、管理中心大举搬入中国内地；CEO 们也重视中国市场的无限潜能，注重和中国保持良好的战略关系，借访华之机发展在华业务、树立企业形象、宣传企业管理理念。

根据 2007 年《环球企业家》的调查，目前，跨国公司在华设立研发中心的数量已近千家，形成了继生产制造中心之后的又一个新的投资热点。超过八成的公众（83.6%）表示这将推动中国自主创新水平的提高。调查中被访公众认为跨国公司对中国经济的贡献最主要体现在"带来了先进的管理经验"，其次是"增加了就业和纳税"以及"提供了更优质的产品和服务"。

中国经济发展的奇迹以及中国市场在整体业务中的重要地位，促使跨国公司的 CEO 不得不改变原来的态度，对于中国业务发展有了真正战略的考量。根据网上的搜索结果，2006~2007 两年跨国公司 CEO 访华不完全统计结果为 80 次，其中多数为世界知名大企业的 CEO，访华过程中伴随大量的媒体报道和采访。

通过对跨国公司管理模式的各种渠道的了解，通过与跨国公司合作竞争中的直观感受，跨国公司管理经验对中国企业的管理实践产生了许多影响，主要有以下几个方面：

（1）真正形成了国内企业"模仿—对标—创新"的管理学习路径。对跨国公司管理模式的深入挖掘和广泛传播，使中国企业能够从跨国企业的竞争力表象深入到其企业管理系统的内部，从而对于竞争力的来源有更全面的认识，模仿和对标也因此更具针对性。在对标的基础上，结合自身的实际和沉淀，中国企业也学会了管理模式的梳理、提炼和完善，因此也促成了中国企业管理模式上的融合创新。

（2）从领导力方面，国内企业的高层管理者从国外成功企业的 CEO 身上吸取了许多经验，而且跨国公司 CEO 各具特点的领导风格和个性凸显，也与传统中国文化中的内敛特征形成了鲜明的对照。随着中国企业日益融入全球经济舞台，并受到瞩目，中国成功企业的高层管理者（尤其是创始人或现任 CEO）开始从无意识自发形成领导风格逐渐走向有意识的领导力（领袖魅力）塑造，个性突出、特色明显，加之中国企业管理者与企业成败之间的关系更为密切，因此其个人领导力也对其所在企业的管理模式有关键的影响。

（3）从企业经营来说，跨国公司的进入直接对中国企业传统的"组织边界"概念造成了冲击，企业经营的边界日益模糊，单个企业经营的概念也逐步让位于企业网络的效应驱动，虚拟企业、企业网络也逐渐出现。随着实力的增加，中国企业"走出去"的动力也愈发强大，企业网络意识促使中国企业也开始寻求在全球视野内有效配置资源，并形成经营效率的最大化和国际市场竞争力。

2. 跨国公司人才溢出效应的影响

截至 2004 年，数据显示，外企人才流动比率一直比较稳定，近几年保持在 6% ~ 7%，其中 30 岁以下、担任一般管理职务以下的员工流动率比较高；30 岁以上、司龄长而且担任中层以上管理职务的员工流动率较低；世界知名外资公司的人才流动比率略低于中小型外资公司。外资企业的人才流动特点一般是只在同行业流动，不过近几年外企人才频频流动到国企。

在中国式企业管理基础科学的项目研究过程中，有许多中国企业都有来自外资企业的管理骨干加盟。例如，蒙牛的事业部层面的高层管理者有来自外资企业的管理精英，同样，蒙牛为这些来自外资企业的人才融入本企业的工作环境进行了认真的准备。

近年来，国有企业、民营企业以及部分省市由于人才流失严重，已开始向全球招聘高级人才。国有企业招聘高管是国有资产管理体制改革的进一步深入，将带来国有企业选人用人机制的深刻变革。在全球化的条件下，人力资源的配置肯定要全球化。国资委在中央企业人才工作会议上曾经提出，做强做大中央企业，根本在于拥有一批高素质的人才，并提出要重点建设 5 类人才队伍。央企"全球招聘"目的在于，使国有企业不仅要留住人，更要吸引人；不仅要吸引中国的优秀人才，还要吸引全球的优秀人才。图 4-1 为 2009 年 25 户国企招聘职位表：

	招聘职位	招聘国企
具体高管招聘职位一览	总经理（院长）	中国华源集团有限公司、中国建筑科学研究院
	副总经理	中国建筑工程总公司、中国高新投资集团公司、中国中煤能源集团公司、中国化学工程集团公司、中国盐业总公司、中国长城计算机集团公司、中国国旅集团公司、中国铁通集团有限公司
	总会计师	中国东方电气集团公司、中国水利水电建设集团公司、西安电力机械制造公司、中国通用技术（集团）、控股有限责任公司、中谷粮油集团公司、中国纺织品进出口总公司、中国电子信息产业集团公司、中国房地产开发集团公司、中国航空油料集团公司、北京矿冶研究总院、中国建筑设计研究院、中讯邮电咨询设计院、中国农业机械化科学研究院、中国纺织科学研究院、上海医药工业研究院

图 4-1　25 户国企全球招聘高管

由于管理方法和手段具有无形的特点，伴随着跨国公司的人才溢出，许多西方的管理理念和方法就随着这一群体空降到国内企业，并通过组织变革、制度重建等方式影响中国企业的管理体系。即使由于各种各样的因素，出现"空降兵"失败的现象，但那些西方管理思想与方法的种子已经着陆于中国企业这块土壤，有的也许融入，开始生根、发芽；有的也许只是静静地躺在那里，但是，园子里的人，也看到了。

西方企业管理方面书籍的引进、翻译和出版，国外知名学者对中国的访问

这是西方管理思想与方法最初进入中国的渠道，也是最直接的方式。中国企业管理者学习的欲望和对新知识的渴求使得管理书籍出版市场成为最有活力的市场。越来越多的西方管理书籍被译为中文，也出现了越来越多较有影响力的管理书籍出版机构（包括策划工作室等）。近几年来，中国和世界的联系越来越紧密，随着传播方式的更加方便快捷，中国读者往往也能在第一时间阅读到国外畅销书的中译本，甚至出现了同一管理学家的不同版本著作同时发行的情况。西方管理学家也开始重视与中国的联系，这不仅是为了传业授道，也是为

了用自己的眼睛直接观察中国经济发展的模式，直接了解中国企业的管理实践。每次知名管理学家的到访都会引起反响，并形成管理学习的新潮流。

在国内比较有影响力的图书销售网站——当当网和卓越亚马逊查询，可以看到在中国图书出版和销售市场上，西方作者所著的管理类书籍占有相当重要的地位，而且在畅销书排行榜上位居前列。

表4-1　当当网管理类图书销售排行

年份	前十名中外国著作数量
2004	7
2005	6
2006	8
2007	5
2008	3

而根据 2009 年 10 月 27 日的搜索结果，卓越网上管理类每日销售榜前十名中有 4 本是西方学者的著作。

管理学大家的著作在中国也被广泛传译，其中具代表性的彼得·德鲁克、亨利·明茨伯格、查尔斯·汉迪、迈克尔·波特、约翰·科特、汤姆·彼得斯的译作数分别有 27、8、5、9、20、16 部（不完全统计）。

据不完全统计，自 2002 年以来，顶尖的管理学大家访华的有：2002 年 9 月彼得·圣吉访华；2002 年 10 月营销大师菲利普·科特勒访华；2004 年 5 月美国财富管理大师乔治·曼茨访华；2004 年 6 月竞争战略之父迈克尔·波特访华；2004 年 6 月通用电气前董事长杰克·韦尔奇访华；2006 年 4 月世界著名管理大师肯·布兰佳访华；2006 年 4 月亨利·明茨伯格访华；2006 年 7 月品牌大师博比·卡尔德博士访华；2006 年 8 月国际顶级财务风险管理大师柯曼访华；2006 年 10 月现代营销之父菲利普·科特勒博士、整合营销传播先驱唐 E. 舒尔茨教授等出席在上海召开的中国营销论坛暨"金鼎奖"颁奖大会。

西方管理书籍的出版和西方管理学者的访华对中国企业的影响是迅速而巨大的，这种影响首先体现在企业管理方面的新理念、新概念、新工具迅速被中国企业管理者知晓，几乎与国外同步的出版速度使管理思想的"无边界"认识得到强化。这些新理念、新概念和新工具又迅速被引入到对于变革有内生动力的中国企业的管理实践中，在许多中国企业里，往往出现不同内容的组织变革交错进行的现象，这在一定程度上加快了中国企业的"内功"修炼，但也对管理变革提出了更高的挑战。同时，新理念、新概念、新工具的文化适应性矛盾也开始暴露出来。

管理咨询业的蓬勃发展

中国管理咨询市场规模近几年也在迅速扩张，从 1996 年的 21.85 亿元增长到 2001 年的 302 亿元，5 年间增长了 13 倍，增长速度超过了同期我国快速发展的电信产业，2001～2006 年，咨询业的发展更为迅速，有实力的咨询机构集中在北京、上海、深圳、广州等地。据保守估计，到 2006 年为止，深圳管理咨询机构近 2000 家，年咨询营业额数十亿元，年营业额千万级的咨询机构已达十多家，咨询机构业务遍布全国，深圳咨询业已经成为中国咨询顾问行业毋庸置疑的一支生力军，并且率先成立了中国第一家管理咨询行业协会——深圳市管理咨询行业协会。在北京，年销额过亿、从业人员过千人、办公场地数千平米的咨询机构已经出现。

在中国市场上，活跃的管理咨询机构按照从业人员的背景来分，可以分成三类。

第一类可以称为学院派，是以国内大专院校的学者、专家及其学生为基础的团队。在高校中，这类管理咨询服务以横向科研项目合同的方式出现，这个群体，一度是国内管理咨询的主体。咨询的专家多以理论为基础，结合企业实际，提供管理咨询方案。不过学院派对于咨询对象的精力投入和时间投入都相对比较受限于高校的其他教学科研工作，随着咨询客户要求的日益提高，现在已经不是管理咨询市场的主要参与者了。但是，学院派通过管理咨询在西方管理概念和管理理念的传播方面依然有重要的贡献。

第二类是西方管理咨询公司，就是在中国市场开展业务的跨国管理咨询公司。其动因有二：一是中国市场的吸引力；二是为老客户在中国市场提供服务。这些跨国管理咨询公司都秉承西方的管理理念和办法，有着成熟的业务模式。

20世纪90年代初，国外管理咨询公司跟随自己的客户登陆中国。当时国内管理咨询市场还很小，基本上只有麦肯锡、波士顿、科尔尼这几家在争夺跨国公司客户。经过十几年的发展，进入2002年，国外咨询公司的前20强已经有多一半落户中国，剩下的几家也整装待发。客户已由原有的跨国企业增加到了国有企业和民营企业，已经进入中国的咨询企业更是自豪地宣称：本土客户项目数已经占到了总数的50%甚至70%，营业额持续几年高速增长。

各咨询公司为本土化客户进行咨询的同时，在项目的实施过程中贯穿了先进的管理理念。麦肯锡在中国市场提供涉及26个行业和职能的服务，除了发扬该公司在战略和组织领域的业务优势，还因地制宜向客户提供包括企业财务、商业技术和运营等实施层面的专业咨询。目前，麦肯锡在北京、上海地区80%的客户来自本地的国有企业、民营企业和中型高科技企业。

科尔尼在华以服务本地企业和政府机构为主，本地客户已占该公司中国业务量的70%左右。基于对大中华市场的了解，科尔尼设定了针对本地文化及特殊性的专业咨询方法，结合全球行业及业务的经验，在多个领域与中国大型企业及政府部门进行合作。民生银行为了2004年上半年赴海外上市，也聘请科尔尼提供战略规划与业务流程再造咨询，运用"计划管理办公室"（Program Management Office，PMO）实现"八大系统"的项目改造，为该行拓展零售银行业务指明了方向。

罗兰-贝格除了提供创新战略、组织和结构重组、并购与整合、人力资源、运营及市场营销等传统服务外，还重点开拓面向网络经济的"E时代战略"咨询业务。1999年以来，该公司的中国客户比例逐年增加，现在罗兰－贝格在华营业额的85%来自国内客户。

2001年起，毕博把中国定位为全球的战略性投资对象。在毕博客户整体中，国企所占比例达85%。

刚进入中国市场时，埃森哲的客户名单中70%是外资企业，30%是国内企业；而2000年以后，国内企业的比例达到70%，其余30%是外资企业。目前埃森哲开展了超越传统咨询的业务：一方面可以充分利用中国的技术专长和能力来创造软件工厂，另一方面可以开始在中国市场上拓展外包业务。

凯捷安永在大陆为能源、公用事业、制造、零售和金融服务等多个行业的本土企业及跨国公司提供专业管理咨询及技术服务，主要涉及企业扩展应用（EEA）、企业资源规划、B2B市场交易平台、供应链管理、客户关系管理、应用系统管理（AM）及战略和转型等众多领域。2003年7月，凯捷安永正式宣布将中国区业务总部由香港迁往上海。2003年年底，凯捷安永本地客户的比例上升到60%。

第三类就是本土管理咨询公司，曾经被俗称"马路派"，主要由富有专业理论知识和丰富的管理实践经验的团队构成。他们大多毕业于国内名牌大学，在企业中或者从事管理工作，在实践中对管理理论的应用有所感悟，部分曾经是跨国咨询公司的客户，受到先进管理咨询成果的动员。他们"在战争中学习战争"，操作中的主要理论和办法来源于多年的实践积累和学习。现在也开始吸收受过西方管理专业训练的MBA和管理专业的毕业生加入其咨询顾问的队伍。

中国本土管理咨询公司的发展历程是伴随着中国改革开放的深入和中国企业实力的增强逐步完善的。在20世纪90年代，出现了因全力策划郑州"亚细亚现象"而蜚声国内咨询业的王力，曾经为广东某房地产公司成功策划系列促销活动的王志纲之类著名的策划人，这些人物的名声大噪使管理咨询行业的雏形——点子策划吸引了许多原来在广告和媒体从业的人士，个别来自台湾、香港的资深人士凭借良好的口才与广博的见闻红极一时。那个时期，咨询＝策划，就是"出点子"、"造事件"，这也契合了当时许多企业追求短期效益和轰动效果的需要。但是，随着市场竞争的日益加剧和市场规则的日益完善，企业也逐渐发现这种方法的局限性，对于管理咨询提出了更高的要求。

国际管理咨询公司的大举进入和业务成长也使得并不强壮的中国本土咨询公司开始寻求转型。从20世纪90年代后期开始，面对国外著名咨询公司的大兵压境，许多本土咨询公司选择了将管理咨询与管理培训融合在一起的突围策略。以管理咨询和培训的活跃地区深圳为例，当时就创造了中国管理培训行业的多个第一：第一个邀请科特勒来中国举办营销论坛，第一个举办"中国管理顾问高峰论坛"……而这些培训项目背后的操盘手，多数都是当时的管理咨询公司。通过管理咨询与培训的整合，许多本土管理咨询公司完成了资本的原始积累。

进入21世纪，随着中国企业实力的壮大，以及跨国企业本土化程度的提高，许多企业对管理咨询的需求不再满足于学几个点子、参加几场管理培训，或者得到一些局部的咨询顾问，而是希望咨询企业能提供企业管理的整体解决方案或者管理应用模块。在市场需求的强烈刺激下，本土咨询企业本身也发生了蜕变：企业性质从原来单一的私营企业发展到今天的国有、民营、外资等多种企业形式，甚至有的咨询机构已经在谋划上市之路；企业规模从原来的皮包公司发展到跨区域、跨行业咨询企业集团，公司人数从几个发展到数十乃至数百位专业咨询人才；人才构成从原有的单兵作战发展到由高校、海归、企业家、专家等高学历人才构成的咨询团队——甚至可以说这个行业是博士和MBA等高学历人士最集中、比例最高的一个行业；咨询客户从以前的小老板、小企业到今天的500强跨国企业、中国大型国有企业集团、中国新型民营企业集团等遍地开花。中国本土的管理咨询公司在自身发展的过程中，也在与国际管理咨询公司的同台竞争中，逐渐形成了自己的市场定位和产品定位，走上了良性成长的道路。

从数量上来看，根据中国国家认证认可监督管理委员会的统计，目前经过认证的管理咨询机构数量为 410 家，这个数字看来远远少于业内人士的计算。按照中国企业联合会管理咨询委员会秘书长赵天乐的说法，中国经过认证的管理咨询机构有两万多家，从业人员 20 多万，而另一种说法则认为中国管理咨询机构共有 3462 家（赵康，2009）。姑且不论哪个数字更为精准，中国企业对管理咨询的需求和潜在需求极其巨大是这个行业不断成长的基本动因。

如果按照提供的产品类型对管理咨询机构进行分类的话，本土的咨询公司多数是技术型管理咨询，鲜见当年麦肯锡那样能够催生汤姆·彼得斯的《追求卓越》这样的著作、能够对管理理念产生深远影响的公司。要将新的管理思想应用于实践，必需将其演进成具体的管理技术，比如将"宽带薪酬"的管理思想通过科学的"职位评价"技术实现。所以技术型咨询公司的操作方式往往是将一套标准化工具，在众多行业的咨询客户中使用。咨询顾问也习惯于用头脑中的框架去整理事物，用他们既成的模式来给企业开单方，并得出解决方案（许多跨国管理咨询机构凭借其强势品牌和产品，也会采用这种模式工具套用的方式）。但是企业有本身的个性特点，这种套用往往会导致出现客户无法把咨询公司提供的方案转化为实际行动的情况。

技术型公司是国内市场的主体，据某调查结果，北京 87% 的咨询公司属于这一类型，由于产品是技术本身，所以同质化竞争严重，尤其在人力资源咨询范畴，大家就是卖模板，比如 HAY 和 CRG 的职位评价技术，所以出现了某知名咨询企业的几十份 HR 咨询报告，几乎只有客户名称不同这种怪事。

方案型公司则更符合咨询客户的需要，也能提供更增值的服务，因为它为客户提供的方案都是高度个性化的，是依据对象的需求度身定制的。衡量咨询服务质量的标准对于方案型公司来说就是可操作性，在操作过程中，一般由咨询顾问与企业相应的业务人员共同构成项目组，形成一个紧密的合作伙伴模式，整个方案的产生应建立在双方进行充分而普遍的沟通基础上，这种沟通不仅限于跟咨询客户最高层的沟通，还包括与中层、基层管理人员进行的沟通。这种"量体裁衣"的方式日益得到咨询客户的欢迎，而提供全面的解决方案也成为本土管理咨询公司成长的新蓝海。

从产品定位来说，本土的咨询公司也涌现了诸如在信息咨询方面有优势的零点调查、市场营销方面的派力营销、综合管理咨询方面的新华信、北大纵横、远卓、和君创业等一些逐步形成自身品牌和优势的咨询企业，由于本土咨询公司的客户绝大多数是中国本土企业，尤其是中小企业，因此这些咨询公司提供的管理咨询服务对于西方管理工具和理念在中国企业的应用产生了重要的影响。

总的来说管理咨询业的蓬勃发展对中国企业产生的影响主要包括以下几个方面：

（1）西方管理模式在中国企业的推广应用。国外管理咨询公司在咨询项目操作过程中采用的方法、手段，提出的解决方案，都有浓重的西式色彩，西方管理模式也通过咨询报告的方式被中国企业更全面细致的了解，并随着实施咨询方案被应用到中国企业中。这种应用不完全是主动的，而恰恰是应用过程中暴露的问题，促使中国企业开始思考管理模式的应用条件，尤其是西方管理方法和工具与本企业实际结合的问题。正是这种思考和困惑，带来了对西方管理思想与方法从"全盘照搬"到"有选择吸收"的变化。

（2）管理咨询服务本身的流程性、系统性特点，加深了中国企业对管理体系的系统性的认识。"头痛医头，脚痛医脚"的问题导向型咨询模式加深了中国企业管理者分析观的思维方式，但也会忽略对管理系统中各个子部分之间关系的认知。"咨询报告不是结果，实施结果才是结果"的认知形成，也促使中国企业反思和检讨分析观的弊端，对整体观的系统思考有了更直观的感受。

（3）接受管理咨询服务过程中，中国企业也经常借助咨询顾问的力量（有些时候甚至是在咨询顾问的建议下），主动对自身管理模式进行梳理和整理，并进行提炼和总结，初步形成了一些企业的"××模式"。咨询公司的业务发展也为这些模式的宣传和传播起到了推动作用。"××基本法""××纲领""××宪章"就是这种梳理下表达所指企业管理模式和管理理念的一般方式。

各种国际标准的认证体系的全面推进

伴随着中国企业参与全球经济体系的进程加快，各类国际标准认证体系在中国也得到了逐渐的推进。无论参与国际标准认证体系企业的初始动机怎样，大多数国际标准认证体系的推进还是将西方管理的思想和方法更为具体地引入到被认证的企业中去。由于认证的权威性和严谨性，这些方法和手段得到了不折不扣的灌输和实施，是所有传播媒介中影响最为彻底的一个渠道。以质量认证体系为例，其全面推进唤醒了国内企业的质量成本管理意识，完善了其质量成本管理程序，也帮助中国企业管理者掌握了质量成本分析与控制技巧。

在中国企业中比较有影响力的国际通用的认证系列有以下几种。

（1）ISO9000 系列。国际标准化组织（ISO）于 1987 年发布了 ISO9000 质量管理和质量保证系列标准。由于该标准的系统性、实用性和适时性，很快就得到了国际上的普遍重视和采用。我国的产品质量认证和质量体系认证在 ISO9000 系列标准的推动下，也得到了迅速发展。ISO9000 系列标准包括五个部分：ISO9000、ISO9001、ISO9002、ISO9003 和 ISO9004。其中，ISO9000 标准是 ISO9000 系列标准的选用导则，ISO9001 ~ ISO9003 标准是在合同环境下用以指导企业质量管理的标准；ISO9004 标准是在非合同环境下用以指导企业质量管理的标准。

截至 2004 年年底，我国通过 ISO9000 认证的企业为 15 万家；到了 2010 年 2 月，我国共颁发 ISO9001 质量管理体系认证证书 27 万余张。2005 年，我国已经拥有 100 家国家承认的认证机构，ISO9000 认证体系在我国的发展速度和推广规模已跃居世界首位。

不仅是中国企业对质量管理认证有强烈的需要，政府部门，甚至教育机构，也逐渐加入到参与国际质量管理体系认证的大军中来。截至 2009 年 9 月，我国已有 2000 多个政府部门通过 ISO9000 质量管理体系认证。

（2）ISO14000 系列。自 1996 年国际标准化组织发布了 ISO14000 环境管理系列标准以来，得到了世界各国的普遍关注和响应，我国 1997 年 5 月成立了中国环境管理体系认证指导委员会，负责统一指导我国企业的认证工作。截至 2001 年 9 月底，全国获 ISO14000 环境管理系列标准认证企业达 836 家，获国家认可的环境管理体系认证机构 21 家，注册环境管理体系审核员 3197 人，在引入和实施 ISO14000 的同时，我国将建立起规范化、科学化的中国环境管理体系认证国家认可制度。根据 2006 年 6 月中国环境保护部门的统计，全国已有 12 000 多家企业获得了 ISO14000 环境管理体系认证。

（3）SA8000 系列。1996 年 6 月，瑞士 SGS 认证公司主持了制定社会责任标准意义的首次会议，会议一致同意制订一个可用于审核的社会责任国际标准。英美非政府组织经济优先领域理事会（CEP）被指定为维护新标准的组织。CEP 设立了标准和认可咨询委员会（CE-PAA），以跟踪、监督、审查新标准制订的进展情况。1997 年，在纽约召开的第一次会议上公布了 SA8000 第一版。1998 年 5 月世界上第一家企业获得 SA8000 认证。2001 年，SA8000 经修改于当年 12 月公布，同年 CEPAA 更名为社会责任国际，即 SAI。SA8000 是非政府组织有关保护劳工、人权等的规定。

截至 2009 年 12 月 31 日的统计数据，全世界共有 63 个国家的 2103 家企业或组织获得了 SA8000 认证，涉及 66 个 sectors，共涉及工人 1 213 796 人。其中 2009 年有 596 家企业或组织获得了认证。

中国企业也开始积极参与到 SA8000 认证的大潮中，2007 年 6 月，SA 官网公布了 10 年报告，中国获得的认证证书的数量排在意大利和印度之后，名列第三位。已有 26 个产业的企业参与了认证。截至

2009 年 3 月 31 日，中国有 223 个组织或企业获得 SA8000 认证，共涉及216 930名工人。

早期获得 SA8000 认证的中国企业绝大多数位于沿海并主要集中在珠三角地区，多集中在玩具、服装、鞋类、家具、运动器材及日用五金等行业。现在获得认证的企业所在区域和产业分布都有所扩大，但总的来说获得认证的企业基本上都是出口型企业。

通过国际标准认证给国内企业带来了明显的益处，从经济效益的角度来说，获得各类认证的国内企业也就具备了国际市场认可的通行证，许多企业因此还将通过认证作为区别于竞争对手的重要差异优势。从企业管理角度来说，首先，从 ISO9000 系列，到 ISO14000 系列，再到 SA8000 系列，反映了全球经营环境中不同时期关注点的变化，中国企业在全球化大环境下通过认证也被动式地唤醒了质量——环境——社会责任的意识，从组织长远的可持续发展来讲，也是必然要经历的阶段。在获得国际认证的过程中，中国企业管理者也更深刻地体会到注重过程、程序和标准化的认证哲学，提高了科学管理的意识，丰富了科学管理的手段，直接提升了组织运营的效率。由于国际标准认证体系本身的系统性和认证过程（包括初次认证和再认证的环节）的系统性，通过参加国际标准认证，也提高了中国企业和管理者对管理系统性的认识。

‖ 西方管理思想与方法在中国传播的媒介影响力研究 ‖

通过对以上传播渠道的梳理，在研究的实证阶段，我们进一步考察了中国企业管理者对于西方管理思想与方法在中国传播的不同渠道的影响力的看法，这样也能从一个侧面反映样本对于西方管理思想与方法的了解和接受的来源。在实证研究的问卷中，关于上述各种媒介的影响力的高低，我们设计了一个问题，在 658 个有效样本中，对于这几个传播渠道的看法，问题是从"几乎没有影响"到"有极大影响"6级程度，统计结果见表4-2：

表4-2 对于西方管理思想在中国传播媒介的看法

	统计量	均值	标准差
西方企业管理类书籍的引进、翻译和出版	656	4.012 2	1.177 33
国内工商管理教育和管理培训产业的发展	655	4.207 6	1.119 58
跨国公司的实践与管理经验输出	655	4.193 9	1.191 44
管理咨询业的蓬勃发展	654	3.877 7	1.151 74
国际标准认证体系的全面推进	654	4.050 5	1.208 28
出国考察和访问	655	3.403 1	1.271 66
西方专家学者来华讲座和指导	655	3.352 7	1.155 71

从统计结果来看，影响最大的渠道是"国内工商管理教育和管理培训产业的发展"。国内工商管理教育在过去30年的迅猛发展，确实对中国企业管理者进行了西方管理理念和管理方法的扫盲与速成。通过参与工商管理教育或者管理培训，中国企业管理者对西方管理体系和理论有了相对全面的了解，对于一些流行的西方管理方法也有了认识，这些认知通过管理者逐渐影响到中国企业的管理方法和手段。

在所有渠道中，样本认为对中国企业影响最小的传播渠道是"西方专家学者来华讲座和指导"，与之相似的是排在倒数第二位的"出国考察和访问"这一渠道，共同的原因是无论是走出去，还是请进来，都受到空间和时间的制约，因此持续的影响力较弱。经过SPSS16.0 Paried Sample T检验，上述各种媒介渠道之间的差异是显著的。

在各类渠道中排在第二位的是"跨国公司的实践与管理经验输出"，这也再次印证了FDI的管理溢出效应。"国际标准认证体系的全面推进"这一项也获得较高的均值（在所有渠道中排到第三位）。本研究拟定了另一个问题以检查这一信息的可靠程度：在被问到"您所在企业是否参加过ISO9000系列、ISO14000系列或SA8000系列的认证"时，658位被访者有387位的回答是肯定的，占到58.8%的比例。这个比例比研究者预期要高很多，说明国际标准认证体系与企业发展的经济利益联系更为直接，更容易获得明显的效果，因此得到众多中国企业的青睐，从而主动选择这一渠道，这间接促进了中国企业对西方管理思想的接收和接受。

"西方企业管理类书籍的引进、翻译和出版"排在影响力的第四位，比研究者的预期稍低，同样的情况发生在"管理咨询业的蓬勃发展"这一渠道上。前者还可以用非管理实践直接接触来解释，毕竟还是文字上的概念和理念，不如排在第二和第三位的两个渠道来得直观，也不如排在第一位的工商管理教育和培训产业来得专业（因为对管理类书籍的阅读有一个筛选和领悟的过程）。但管理咨询服务也是一种直接的接触，影响力稍弱的原因估计仍是从方案到实施结果这一环节的痼疾仍没有解决。因为在实证研究中，当样本被问到"所在企业是否接受过管理咨询服务"，结果依然是令人吃惊的，共有73.6%的样本回答其所在的企业接受过管理咨询，尽管以国内的管理咨询公司居多，但管理咨询这一概念本就是从西方引入的，并且管理咨询过程中咨询顾问的工作方式也是很西式的，更不要说咨询工具的开发方面了。

上述考察还是在横断面上的考察，如果结合西方管理思想与方法对中国企业产生影响的时间维度来加以考量，上述结果更契合第三个时间阶段——融合创新阶段的影响力评价。其实，不同媒介在不同时间发挥的作用是不同的。在第一阶段，国内工商管理教育和管理培训的发展成为主要渠道，包括出国考察和访问这个媒介，在那个阶段，它们所发挥的影响力就比其他媒介要大。而到了第二阶段，跨国公司的管理经验输出以及国际标准认证这些媒介就后来居上，比出国访问和考察有更大的影响。第二和第三阶段传播媒介的多元化和系统化，使上述传播媒介综合作用，将西方管理思想与方法更广泛深入地带到了中国企业界，并通过各种方式对中国企业管理者的价值观产生影响，从而对中国企业的管理方式产生了影响。

第 **5** 章

西方管理思想与方法对中国企业影响的内容维度、途径维度和结果维度

‖ 实证研究的过程和样本特征 ‖

实证研究问卷主要内容和数据搜集过程

在实证研究阶段，主要利用问卷调查法进行相对大规模样本的数据搜集。"西方管理思想对中国企业影响调查问卷"（见附录 B），其内容分为以下几个部分。

1. 考察对常用西方管理思想与方法的认知

调查问卷选取描述更为清晰准确、不易混淆的表达，并关注不同行业和领域间的平衡，最终选取 17 个管理手段，采用 6 级答案从"没听说过、更不了解"到"非常了解、且已经采用"，作为考察中国管理者对西方管理思想和手段认知程度的量表。

2. 考察管理者价值观的倾向性

在选取衡量价值观的量表上，问卷采用的是 Charles Hampton‐Turner 于 1993 年在《国家竞争力》一书中提出的"创造财富过程中的七个价值两难"理论。之所以采用这个理论，是因为：

（1）这个理论对于价值观的维度界定清晰明确，并且和企业管理实践的过程联系紧密，可以较直接地将价值观投射到管

理实践决策中。

（2）这七个"价值两难"，带有鲜明的国家文化背景。所谓的"两难"，可以看做是中西文化巨大差异的两端，这和本研究的命题直接相关。

（3）本研究是从管理者价值观的视角，来研究西方管理思想和工具对中国企业的影响，主要的研究侧重点在于影响而非价值观，选用七个"价值两难"，直接评测价值观，减少问卷的填写量，并突出重点。

（4）既然要研究影响，总希望能够比较出影响前后的差异，或者在已有中西方企业管理各方面特点的实证研究基础上，在时间顺序上得到比较满意的研究结果。因此在管理者价值观研究中，选择已有西方学者研究结论的概念框架，就可以比较直观地分辨出哪些是学者已经界定为西方或者东方价值观的内容，从而发现西方管理思想与方法对中国企业管理者价值观带来的变化。

本问卷将七个"价值两难"问题提出，两两互相矛盾的答案为一组，采用6级答案从"非常不认同"到"非常认同"。

3. 考察企业管理实践倾向性

在考察管理者价值观倾向性之后，顺接考察企业管理实践中的倾向性，探索这其中的因果关系。通过七个企业管理的主要方面，6级答案从一种实践选择到另一种截然不同的实践选择。

4. 考察管理者对于西方管理思想和工具的适用性的判断

通过管理者对于西方管理思想和工具在中国的推广程度的判断，以及对于所受阻力的看法，探索管理者价值观对西方管理思想和工具的适用性是否存在影响。

5. 样本个人信息统计

（1）考察调查对象的个人信息。作为研究主体的一部分，对于不同背景的调查对象，其对西方管理思想与方法的认知和判断以及对管理实践的影响是否存在不同，也是研究的内容。考察项目包括调查对象的学历、出国经历、工作年限等。

（2）考察调查对象所在企业的特征信息，了解其企业特征对于管理决策和实践等问题的影响。考察项目包括调查对象所在行业，所在企业的基本情况，特别是是否接受过管理咨询服务。

为了研究方便，实证研究的问卷发放对象再次选用了目标样本随机发放的方式，目标样本确定为清华大学经管学院的 MBA、EMBA、EDP（高层管理培训）学员，调查对象绝大多数有着良好的教育背景，并有一定的管理经验。清华经管学院作为一个国际化程度较高的管理学院，为本研究的调查创造了一个较开放的环境，调查对象能够较容易地接触、学习、接受西方管理思想与方法，不会因为渠道不畅通导致对西方管理思想与方法产生偏见。学员们的教育背景和语言能力使得学习西方管理思想与方法不会存在障碍，这样本调查得到的结果噪声较少。

表 5-1　问卷的发放与回收统计

	得到样本总数＝720 份		总和
	有效样本	无效样本	
样本数	658	62	720
样本比率	91.39%	8.61%	100%

从 2008 年 6 月至 2009 年 2 月，本研究通过在课堂上随机发放，共回收得到问卷 720 份，经剔除无效问卷 62 份，最终得到样本数 658个，有效样本率达到 91.39%。

实证研究样本特征

本研究样本主要来自清华大学经管学院的 MBA、EMBA、EDP（高层管理培训）学员。这些学生从各地招收，不同的教育背景，不同的年龄段，所以样本个人特征同质性低。样本从事的行业多样性强，企业背景差异性较大。以下是对样本结构的描述。

1. 样本所在企业特征

（1）从样本所在的行业来看，19 大行业皆有涉及。其中制造业以 21.18% 的样本比例占到最高；其次是从事金融行业的样本个数，占到 16.36%；之后是来自 IT 业的样本比例，占 14.8%。这三个行业的样本数占总样本数的 52.34%，超过了样本的半数。

（2）从样本所在的企业性质来看，有 41.95% 的样本来自于国有企业；其次是民营企业，占 33.68%；来自外资企业的样本占 13.15%。鉴于本研究主要的目的是调查西方思想和工具给中国企业带来的影响，虽然外资企业目前大多数也是由中国管理者经营，也有一定参考意义，但影响结果不是很明显。所以在发放问卷时，倾向于样本来自于中国的企业，现在来看，国有企业和民营企业加总的比例，占到 75.63%。

（3）从样本所在企业的规模来看，有 50% 的样本来自于大型企业，这有两种可能：一是大型企业管理较为规范，体系感较强，所以样本对于企业的管理情况认知更清晰，问卷结果的因果关系较强；另一种可能是，在大型企业中，管理者个人的作用力有限，特别是中层管理者，管理的自主权较低，这样管理者的价值观和管理实践的因果关系会较弱。

（4）从样本所在企业的经营状况来看，超过半数的样本认为企业经营得还是"比较好"的，"一般"以上的评价占到 96.43% 的样本总数。这个信息说明绝大多数样本对于所在企业的经营是有信心的，这与样本对企业管理实践评价相关联。

（5）从样本所在的企业地理位置来看，超过半数的企业是位于华北地区的，这与本研究的问卷发放地选取在清华大学有关，清华大学地处华北地区，尽管是全国招生，但在职培训的性质导致较近的地区生源较多。这也是本研究的一个局限性，对于除华北外的经济活跃地区调查不足，尤其是华南、华中地区。

表 5-2　样本所在企业特征

项目	类别	人数	百分比（%）
企业所属行业	农、林、牧、渔业	8	1.25
	采矿业	43	6.70
	制造业	136	21.18
	电力、燃气及水的生产和供应业	24	3.74
	建筑业	26	4.05
	交通运输、仓储和邮政业	33	5.14
	信息传输、计算机服务和软件业	95	14.80
	批发和零售业	38	5.92
	住宿和餐饮业	7	1.09
	金融业	105	16.36
	房地产业	34	5.30
	租赁和商务服务业	20	3.12
	科学研究、技术服务和地质勘查业	18	2.80
	水利、环境和公共设施管理业	4	0.62
	居民服务和其他服务业	6	0.93
	教育	8	1.25
	卫生、社会保障和社会福利业	11	1.71
	文化、体育和娱乐业	14	2.18
	公共管理与社会组织	12	1.87
企业性质	国有企业（含国有控股及国有上市企业）	284	41.95
	外商独资	89	13.15
	合资企业	40	5.91
	民营/私营企业	228	33.68
	政府机关/事业单位	23	3.40
	其他	13	1.92
企业规模	大型企业	330	50.00
	中型企业	207	31.36
	小型企业	123	18.64
经营状况	非常好	113	16.79
	比较好	383	56.91
	一般	153	22.73
	不很好	21	3.12
	很不好	3	0.45
企业所处地理位置	东北地区	59	8.94
	华北地区	360	54.55
	华南地区	46	6.97
	华中地区	44	6.67
	华东地区	85	12.88
	西南地区	20	3.03
	西北地区	46	6.97

2. 样本个人特征

（1）样本在被问到从事管理工作年限时，本研究统计得到的数据是，平均年数为 9.5 年，标准差 6.48。在 663 个答案中，中位数是 8 年。从这个结果可以看出，样本可以说是有一定工作年资的企业管理者。

（2）从样本的学历层次可以看出，大专学历占 13.59%，本科及以上学历共占 85.08%。可见样本普遍有较高的学历，有着专业的教育背景。

（3）出国考察这种方式使样本更直接地受到国外文化和价值观的冲击，引发样本价值观倾向性的变化。在得到的问卷结果中，有 57.58% 的样本表示曾出国学习或考察过，这个比例还是比较高的。

表 5-3 样本个人特征

项目	类别	人数	百分比（%）
学历层次	初中及以下	0	0.00
	高中或职业学校	9	1.33
	大专	92	13.59
	本科	381	56.28
	研究生及以上	195	28.80
是否出国学习或参观考察过	是	380	57.58
	否	280	42.42

3. 统计分析方法总述

本研究采用了 SPSS11.5（Statistics Package for Social Sciences，社会科学统计软件包）统计分析软件进行统计分析，包括：

（1）描述性统计分析：为了解数据中主要变量的基本特征，为数据分析时正确选择分析方法、设置变量和构造模型提供必要的依据。

（2）因素分析与信度分析：因素分析是一组主要用于数据提炼与概括的分析方法的统称。它是一种互相依性方法（interdependent technique）。

（3）相关分析：是用于测量两个变量之间关系的强度及方向的最常用方法。

（4）方差分析：考察两个以上均值或中位数差异的方法，方差分析中必须有一个定量的因变量，以及一个或多个定类的自变量（因子）。

表 5-4　基于研究假设所采用的统计方法

假设层次	具体假设	统计分析方法
价值观变化	H1：受改革开放的影响，中国企业管理者的价值观变化越来越接近于以美国为代表的西方价值观	描述性统计 差异性分析
中国企业管理者的个体特征对西方管理思想与方法认知的影响	H2a：中国管理者价值观的变化，影响其对西方管理思维方式的认知与使用	因子分析 Pearson 相关分析法
	H2b：中国管理者价值观的变化，影响其对西方管理工具的认知与使用	因子分析 Pearson 相关分析法
	H3：中国管理者从事管理工作年限的长短，影响其对西方管理工具与思想的认知与使用	描述性统计 方差分析
	H4：中国管理者的学历情况，影响其对西方管理工具与思想的认知与使用	描述性统计 方差分析
	H5：中国管理者是否有过出国考察经历，影响其对西方管理工具与思想的认知与使用	描述性统计 方差分析
中国企业的特征对西方管理思想与方法的认知影响	H6：中国企业的所有制性质不同，影响其对西方管理工具与思想的认知与使用	描述性统计 方差分析
	H7：中国企业的规模，影响其对西方管理工具与思想的认知与使用	描述性统计 方差分析
	H8：中国企业的经营状况，影响其对西方管理工具与思想的认知与使用	描述性统计 方差分析
	H9：中国企业所处地区不同，影响其对西方管理工具与思想的认知与使用	描述性统计 方差分析
	H10：参加过 ISO 系列认证的中国企业，对西方管理工具与思想的认知与使用程度较高	描述性统计 方差分析
	H11：接受过管理咨询的中国企业，对西方管理工具与思想的认知与使用程度较高	描述性统计 方差分析

假设层次	具体假设	统计分析方法
对企业管理实践的影响	H12：中国管理者价值观的特点，影响了企业的管理实践以及文化与价值观的特点	描述性统计 Pearson 相关分析法

西方管理思想与方法对中国企业影响的内容维度

改革开放以来，大量的西方管理思想和工具通过第 4 章讨论的各种渠道进入中国企业及其管理者的视野。探索性研究中就这些管理思想与工具的列举就足以证明其种类繁多，层次多样。因此，如何在其中进行选择和分类就成为实证研究开始之初就要解决的问题。

西方管理思想与方法的选择

在确定西方管理思想与方法清单的过程中，下面两个媒体调查也提供了一定的参考。第一个是《财富》杂志中文版（2007 年 6 期）的调查，中国流行的十大管理工具按照流行程度排序分别为：

客户关系管理 它可以帮助公司了解自己的客户群，并迅速对客户需求的变化做出反应，是在中国公司中最流行的管理工具。在被调查者中，有 62% 的人使用了这种工具。它在中国以外的地方使用率更高。在被调查的所有公司中，有 75% 都使用了这种工具。这个比例在亚洲其他国家的公司中甚至更高，达到了 85%。

全面质量管理 全面质量管理是一种改进质量的系统方法，在中国的流行程度排在第 2 位。有 60% 的被调查公司使用了全面质量管理工具，非常接近全球 61% 的使用率。

顾客细分 这个过程把客户分成不同的群体，同一群体的客户都具有相似的特征。它是识别未被满足的客户需求的一种有效途径。有 54% 的中国企业使用了这种工具，而这种工具在全球企业中的使用率是 72%，在亚洲其他地区的使用率是 78%。

外包　外包是利用第三方组织来完成一些非核心的职能，它可以让公司把精力集中在自己做得最好的事情上。虽然有 49% 的接受调查的中国企业会把一些生产环节外包出去，这个比例仍然远远低于 73% 的全球水平。

核心能力　核心能力在中国是流行程度排名第 5 的管理工具，它在全球的排名是第 7 位，在亚洲其他地区的排名是第 10 位，在欧洲的排名是第 11 位。

供应链管理　有三种管理工具在中国进入了使用率前 10 名的清单，但没有进入全球的清单，其中就有供应链管理这种工具。

战略规划　战略规划是一种系统、全面的方法，决定一个企业应该成为什么样子，以及如何更好地实现这个目标。但中国管理者对于情景假设与突发事件规划这种相关的管理工具却没有多大兴趣。这两种管理工具都是中国公司使用最少的管理工具之一。

业务流程再造　业务流程再造是对业务流程进行根本性的重新设计，以便改善生产效率、周期时间和质量。接受调查的中国公司中有 35% 使用了这种工具，全球的使用率是 61%。

知识管理　知识管理是使企业能够获得智力资本这种关键性战略资产并在内部分享的一种管理工具。在接受调查的中国公司中，知识管理是一种很受欢迎的管理工具，有 35% 的人说他们使用了这种工具，但它的全球使用率并没有排进前 10 名。

使命书和愿景书　使命书和愿景书界定了一家公司的业务、目标和实现目标的方法。在接受调查的中国公司中，有 35% 会利用这种工具为公司指明方向，引导管理层思考关于战略的问题，而在亚洲的其他地区，使命书和愿景书的使用率要高得多，有 89% 的公司会使用这种工具。

另外一个媒体调查结果是 2003 年《IT 时代周刊》叶秉喜所做的"影响中国管理思想进程九大西方管理工具"调查。调查结果显示如下：

执行力 执行力所关注的是在策略过程中，令企业家能感受到其重要性但却又觉得无法突破的瓶颈。高成长性的企业最缺乏的是执行力基础，现有执行力基础已经难以支撑未来发展的规模。企业制度化越明确，执行能力也越强。

管理层收购（management buy outs，MBO）在成熟的市场经济国家，MBO 并不仅仅针对上市公司，也不只是对效益好的企业而言，它往往运用于一些中小企业，非上市公司，或者所有者模糊不清的企业。

公关危机（public crisis）公关危机是 70 年代初期在西方流行的一个管理概念。但最近的美国惠氏奶粉被限令召回，雀巢食品被爆含有不明基因和富士胶卷涉嫌走私等一系列事件的发生使公众对该结论提出了质疑。

平衡计分卡（balanced scorecard）罗伯特·卡普兰的平衡计分卡理论被《哈佛商业评论》评为 75 年以来最具影响力的管理学说。他和戴维·诺顿在总结 12 家大型企业业绩评价体系的基础上，提出了平衡计分卡理论。作为一个战略实施工具，平衡计分卡能够帮助战略实施人员明确公司在财务、客户、内部管理以及学习与发展 4 个方面的内在联系。

投资者关系管理（investor relation management，IRM）它属于上市公司战略管理的范畴，旨在通过信息披露与交流，促进上市公司与投资者之间的良性关系，并在投资公众中建立公司的诚信度，实现公司价值最大化和股东利益最大化。

六西格玛 理论统计学中，有一种分析评估的方法，用来计算与标准值间的差异，称为标准差。它也是计算缺陷率的一种方法。当标准差到达 6 个西格玛时，要求的缺陷率为百万分之三（3.4/1 000 000），几乎接近完美。成功的现代化经营管理，对于各项产品都严格要求符合标准，将缺陷和错误降至最低，最好是零缺陷。六西格玛的观念和做法，被企业延伸为提高产品品质，增加利润的核心。

但在目前的中国企业，依然还有传统上马马虎虎和差不多的习性，对六西格玛认识不是很足。

协同商务 （collaborative product commerce，CPC）协同商务兴起于 20 世纪 90 年代后期，它是以互联网为基础，主要针对制造业，在包括产品研发、设计、采购、生产、售后服务在内的全生命周期进行数据管理，帮助企业完成跨地域、跨行业的合作，提升产品协作的总体效能。

流程再造 （BPR）流程再造是美国麻省理工学院教授迈克尔·哈默博士和 CSC 管理顾问公司董事长詹姆斯·钱皮于 20 世纪 90 年代初提出的。流程改造能提高管理水平，更能即时提高公司的经营业绩。其核心是对客户的高度关注和负责，是对企业传统经营理念的创新。

沉静领导 《沉静领导》[一]是美国学者小约瑟夫·巴达拉克的新著，它在国外被命名为"第五级经理人"，而国内则把它命名为"沉静领导"。真正成功的是那些不为人所知的"沉静领导"，他们的共同特点是：内向、低调、坚韧、平和，甚至动机混杂。归纳起来，沉静领导具有三大品格特征：克制、谦虚和执着。

从上述调查结果也可以看到对于西方管理思想与方法的边界界定并不是特别清楚，只能作为我们决定最后名单的参考依据。在最后的实证研究问卷设计中，我们主要根据探索性研究中提到的各种管理工具出现的频次高低，在形成一个初始名单的基础上，结合结构化访谈和其他媒体的调研结果，最终选择 17 个典型管理思想与管理工具组成最终的名单。

中国企业管理者对西方管理思想和方法的熟悉程度

在实证研究问卷中，主要考察样本对西方管理思想与方法的熟悉程度。样本对这些管理手段和工具逐一判断，1 表示"没听说过、更

[一] 本书已由机械工业出版社出版。

不了解",6表示"非常了解、且已经采用",并且以算术平均值作为对西方管理思想与方法的熟悉程度。经过数据统计,结果如表5-5所示:

表5-5 描述性统计

管理思想与方法指标	统计量	均值	标准差
SWOT 战略分析	650	3.823 1	1.929 68
ERP（企业资源规划）	656	3.769 8	1.687 06
MBO（目标管理）	649	3.614 8	1.806 92
CRM（客户关系管理）	650	3.378 5	1.755 86
TQC、TQM 全面质量管理与控制	654	3.302 8	1.867 78
决策树	652	2.989 3	1.545 48
BSC（平衡计分卡）	652	2.869 6	1.656 31
PDCA 循环	654	2.784 4	2.057 59
KPI 管理	649	2.770 4	1.867 85
六西格玛	654	2.727 8	1.385 53
4P 理论/4C 理论	647	2.700 2	1.696 76
TPS（精细化管理）	653	2.647 8	1.524 34
波特五力分析等竞争战略理论	647	2.587 3	1.733 31
JIT（准时制造）供应链管理	656	2.407 0	1.653 28
ABC（作业成本法）	657	2.280 1	1.571 70
EVA（经济增加值）	639	2.214 4	1.514 62
海氏评估法	646	1.4613	0.927 22

从统计结果可以看出,了解程度最高的是"SWOT"分析法,其次是"ERP";而认知程度最低的是"海氏评估法"和"EVA"理论。但总的来看,样本对于西方管理思想与方法的认知程度较低,普遍处于"了解一些、但不准备用"和"有些了解、可能会采用"这个阶段,所以从本量表能看出,样本对于西方管理知识尚处于认知阶段,大多还未进入到深入了解和使用的阶段。

对西方管理思想与方法的区分

在对西方管理思想和方法认知量表进行描述性统计之后,为了进一步分析数据结果的含义,本研究对问卷变量作探索性因子分析,对指标数据进行提取，试图找出变量共同的特性，用以更准确地分析数据。

1. 因子分析和信度检验采用的方法

在做因子分析之前，首先需要判断变量是否适合做因子分析，因子分析的拟合检验可利用 KMO 统计量和 Bartlett 球形检验。KMO（Kaiser-Meyer-Olkim）统计量是用于比较观测相关系数值和偏相关系数值的一个指标。当所有变量之间的偏相关系数之平方和与相关系数的平方和相比小时，KMO 值小表明对这些变量的因子分析的结果可能不大好，因为变量偶对之间的相关不能被其他变量解释。KMO 的经验值如表 5-6 所示：

表 5-6　KMO 的经验值

KMO 值	蕴涵意义	KMO 值	蕴涵意义
0.90≤KMO<1	结果是极好的	0.60≤KMO<0.70	结果是中等的
0.80≤KMO<0.90	结果是比较好的	0.50≤KMO<0.60	结果是糟糕的
0.70≤KMO<0.80	结果是还好的	KMO<0.50	结果是不可接受的

Bartlett 球形检验可用来检验变量之间彼此独立的假设，即总体相关矩阵是单位矩阵这一假设。单位矩阵中，斜对角线上的所有元素均为 1，而其他元素均为球形检验统计量是根据相关矩阵行列式的卡方转换求得的。该统计量取值大时表示拒绝零假设。当不能拒绝原假设时，因子分析就不合适了。

之后的因子分析主要采用主成分分析法（principal components）进行因子提取（extraction）。之后经方差最大正交旋转（varimax），进行因子转置（rotation），得到因子载荷矩阵（rotated component matrix），选取特征值大于 1 的因子。旋转的目的是使复杂的矩阵变得简洁，用于进一步分析因子的含义。

指标的信度即可靠性是指一套指标与它所要度量变量的一致程度，Churchill（1979）发表了有关信度如何验证的文章后，他的方法被广泛应用，后来又有学者对他的方法进行了进一步的讨论，对使用中应注意的事项做出说明。他的方法是计算 CITC（corrected item-total correlation），其值小于 0.5 则删去指标，同时计算 α 系数，若 α 系数在 0.6 以上说明指标可靠性是可以接受的。

2. 量表两因子分类的形成

通过 KMO 统计量和 Bartlett 球形检验，得到 KMO 值为 0.897，比较接近于 1，并且 Bartlett 球形检验统计量为 3601.374，相应的概率 sig 为 0.000，因此可认为相关系数矩阵与单位阵有显著差异，表明这些变量适合进行因子分析。

通过特征值碎石图判定，可知第 1 个因子的特征值很高，对解释变量的贡献最大，第 2 个因子、第 3 个因子对解释变量的贡献依次减小，到第 4 个及以后的因子特征值都较小，对解释原有变量的贡献很小，已经成为可被忽略的"高山脚下的碎石"，因此可以提取两个或者三个因子，解释原有变量。下面分别分析这两种情况。

（1）三个公因子的结果。如果认为有三个因子起主要作用，通过旋转后得到因子载荷矩阵，再标注出每个变量的最大负荷的因子。研究发现，17 个变量大多数都与第 1 个因子和第 2 个因子相关程度高，而与第 3 个因子相关程度高的两个变量分别是"海式评估法"和"EVA"理论，这两个变量在之前的描述性统计中，分析得到的结果是西方管理思想与方法中认知程度最低的。所以，尽管三个因子可以解释 53.67% 的总方差，但是因子的含义比较模糊，意义阐释较为困难。

（2）两个公因子的结果。如果认为有两个因子起主要作用，通过旋转后的因子载荷矩阵如表 5-7 所示。通过标注，可以看出：六西格玛、TPS、决策树、EVA、ERP、PDCA 循环、ABC、海氏评估法、MBO、TQC/TQM、JIT 这 11 个变量在第 1 个因子上有较高的负荷，第 1 个因子主要解释这些变量，其意义代表西方管理采用的相对比较具体的管理工具或者方法，主要是技术层面的；KPI、4P 理论/4C 理论、波特五力分析、客户关系管理、BSC、SWOT 战略分析这 6 个变量在第 2 个因子上有较高的负荷，第 2 个因子主要解释这些变量，其意义代表西方管理的分析方式和管理思维方式方面，更宏观和综合一些。这个解释较为清晰明确。

两个因子的缺点是只能解释 46.9% 的总方差，比三个因子低，这是因为这个量表是从探索性研究量表的初步结果而来，并不成熟，所以两个维度并不十分显著。但是为了能较好地对变量归类，以便于后边的相关分析，本研究采用两个因子的分析方法，将这 17 个变量归纳为两个维度。本研究把第一个因子称为"西方管理工具"，把第 2 个因子称为"西方管理概念框架"。

表 5-7　旋转后的因子负荷矩阵

管理思想与方法指标	因子负荷	
	因子 1（西方管理工具）	因子 2（西方管理概念框架）
六西格玛	0.503	0.316
TPS（精细化管理）	0.722	-0.016
KPI 管理	0.290	0.597
决策树	0.480	0.480
EVA（经济增加值）	0.376	0.369
4P 理论/4C 理论	-0.003	0.743
波特五力分析等竞争战略理论	0.114	0.751
CRM（客户关系管理）	0.211	0.663
ERP（企业资源规划）	0.471	0.452
BSC（平衡计分卡）	0.402	0.489
PDCA 循环	0.682	0.072
ABC（作业成本法）	0.742	0.088
海氏评估法	0.373	0.116
SWOT 战略分析	0.013	0.755
MBO（目标管理）	0.568	0.360
TQC、TQM 全面质量管理与控制	0.792	0.091
JIT（准时制造）供应链管理	0.593	0.308

注：主成分分析、正交旋转。

3. 信度验证

对两个因子进行 α 信度检验，第一个因素"管理工具"的内部一致性达到 0.8524，具有较高的信度，其中"海氏评估法"与其他项目的总体相关系数最低，为 0.3177，在剔除"海氏评估法"后，量表的信度系数更高，最后"管理工具"这个因素得到 0.8548，比修订前的 α 有所提高。第二个因素"管理概念框架"经过信度检验后，内部一致性达到 0.8000，两个因子的 α 值都在 0.7 以上，说明量表的信度良好。

表 5-8   信度验证

因素	管理思想与工具指标	指标 CITC	删除本项后纬度的 α 值	维度 α 值
管理工具	六西格玛	0.503 9	0.842 8	0.852 4
	TPS（精细化管理）	0.561 2	0.838 4	
	决策树	0.562 7	0.838 3	
	EVA（经济增加值）	0.418 8	0.848 7	
	ERP（企业资源规划）	0.515 9	0.841 9	
	PDCA 循环	0.547 0	0.841 1	
	ABC（作业成本法）	0.633 3	0.832 7	
	海氏评估法	0.317 7	0.853 8	
	MBO（目标管理）	0.584 0	0.836 4	
	TQC、TQM 全面质量管理与控制	0.690 6	0.826 6	
	JIT（准时制造）供应链管理	0.582 6	0.836 5	
概念框架	KPI 管理	0.542 5	0.772 5	0.800 0
	4P 理论/4C 理论	0.561 2	0.768 0	
	波特五力分析等竞争战略理论	0.610 7	0.756 4	
	CRM（客户关系管理）	0.546 6	0.771 1	
	BSC（平衡计分卡）	0.470 4	0.787 4	
	SWOT 战略分析	0.602 1	0.757 9	

经过分析，对西方管理工具和管理概念框架的认知的整体效度和信度分析如表 5-9 所示。

表 5-9　两因子分析的效度和信度分析汇总

因子	管理思想与工具指标	因子荷重		α 系数
管理工具	六西格玛	0.503	0.316	0.854 8
	TPS（精细化管理）	0.722	-0.016	
	决策树	0.480	0.480	
	EVA（经济增加值）	0.376	0.369	
	ERP（企业资源规划）	0.471	0.452	
	PDCA 循环	0.682	0.072	
	ABC（作业成本法）	0.742	0.088	
	MBO（目标管理）	0.568	0.360	
	TQC、TQM 全面质量管理与控制	0.792	0.091	
	JIT（准时制造）供应链管理	0.593	0.308	
管理概念框架	KPI 管理	0.290	0.597	0.799 8
	4P 理论/4C 理论	-0.003	0.743	
	波特五力分析等竞争战略理论	0.114	0.751	
	CRM（客户关系管理）	0.211	0.663	
	BSC（平衡计分卡）	0.402	0.489	
	SWOT 战略分析	0.013	0.755	

西方管理思想与方法对中国企业影响的途径维度

管理者价值观的变化

本研究的最终目的，是回答"西方管理思想和工具对中国企业实践产生了怎样的影响"这个大问题。这个问题可以从不同的角度切入进行探讨，在之前的文献中提到，研究这个影响既可以将企业看成是整体，从企业的市场环境、管理体系入手，也可以从更为微观的层面——企业的管理者入手，探讨管理者的决策给企业带来的影响。本文选择从企业管理者入手，毕竟一个企业的运营盈利，终究是通过人的各种行为实现的。管理者的决策和实践，是西方管理思想和工具影响中国企业的主要渠道之一。

中国管理者受到中国文化以及传统价值观的影响，在面对西方管理思想和工具带来的西方文化时，这两种价值观的冲突与融合，决定了企业的风格和倾向——是否能够更充分地利用西方工具，还是更多地选择传统的管理方式，这将通过进一步的假设和证明进行分析。

从文献中得知，管理者价值观具有相对固定的感知结构，改变与影响着个体行为的本质，价值观与思想相似但却更具有根深蒂固性，更长久、更稳定。在一个组织里，管理者会按他们的方式指导人们的行为，而管理者的个人价值观就会引导他们在工作中的决定与各种行为（Christei，H. Burton，2003）。中国管理者的成长经历不尽相同，其价值观也受到了不同的影响，这种价值观会不会因为西方管理思想与方法传播的影响而发生改变呢？

中国企业管理者价值观的变化

1. 研究假设

三十余年的改革开放推进中国由计划经济体制向市场经济体制发展，在这个演变过程中，形成了一个多维度交错的价值观念变化的空间。西方管理思想与方法的引进和传播，对中国管理者的价值观形成了有力的冲击。特别是具有西方文化典型特征的美国价值观：以追求利润最大化为企业的终极价值目标；奉行个人主义及能力主义；强调个人自由、机会均等的基础上进行竞争；重视法律；推崇英雄主义和权威主义；倾向于硬性文化等。受改革开放的影响，中国企业管理者的价值观在以美国为代表的强势价值观冲击下，逐渐发生着变化。所以本研究提出第一个假设。

H1：受改革开放的影响，中国企业管理者的价值观变化越来越接近于以美国为代表的西方价值观。

在另一个层面，根据前面的文献综述得知，价值观具有相对固定的感知结构，改变与影响着个体行为的本质。价值观与思想相似但却更具有根深蒂固性，更长久、更稳定（England，1967）。在其他方面，价值观被当做是管理者道德行为的决定者，通过个人对其他人员及组织的观察而影响人与人之间的关系，从而影响管理者的决定及解决问题的方法。以美国为代表的西方管理思想，形成一系列便于分析和使用的管理理论、工具，在中国逐渐被管理者们所熟悉，所以本研究提出假设二：中国管理者价值观的变化，影响其对西方管理思想与方法的认知与使用。

鉴于西方管理思想与工具作为两个维度，中国管理者对它们的看法和接受程度不一定在同一个水平上，所以将假设二分为两个更具体的假设：

H2a：中国管理者价值观的变化，影响其对西方管理思维方式的认知与使用。

H2b：中国管理者价值观的变化，影响其对西方管理工具的认知与使用。

2. 研究结果

（1）中国企业管理者的价值观现状。通过 Charles Hampton-Turner 于 1994 年开发的针对企业管理过程中的价值观量表，在这些价值两难问题中，可以看出样本的倾向性，1 表示"非常不认同"，6 表示"非常认同"，结果如表 5-10 所示。

表 5-10　样本价值观描述性统计

价值观维度	统计量	均值	标准差
普遍主义	585	3.923 1	1.275 12
特殊主义	630	4.822 2	0.992 89
分析型	591	4.429 8	1.180 95
整合型	640	5.368 8	0.817 43
个人主义	607	4.642 5	1.065 06
集体主义	627	4.921 9	0.922 88
内部导向	609	4.753 7	0.923 96
外部导向	628	5.043 0	0.835 65
依序处理	598	4.354 5	1.193 82
同时处理	626	4.805 1	1.123 01
赢得的地位	614	4.734 5	0.953 85
赋予的地位	613	4.432 3	1.181 59
平等	635	4.897 6	1.052 52
阶层	600	4.520 0	1.123 26

在两两价值观比较中，标出了均值较大的一方，但要说明的是，直观上来看，均值的差异性并不大，鉴于两种价值观的性质差异很大，可以看出样本受西方思想影响，价值观的分散性较强，所以导致数据结果直观的差异性不大。在上述的描述性统计中，通过均值的比较，可以直观地看出样本价值观的倾向性，但这种倾向是否足够显著，能够说明中国管理者价值观的特点？研究用单一样本 T 检验（One-Sample T-Test）进行判断。将价值观的七个维度逐一进行判断，设每个维度的一种价值观的均值为假设检验值，用另一种价值观的平均数据比对，进行差异显著性检验。在将七个维度检验完毕后，研究发现每个维度的均值差异都是显著的（Sig≤0.05）。

根据文献，普遍认为中国传统价值观特点是"特殊主义"、"整合型"、"集体主义"、"外部导向"、"同时处理"、"赋予的地位"和"阶层"；以美国为代表的西方价值观特点是"普遍主义"、"分析型"、"个人主义"、"内部导向"、"依序处理"、"赢得的地位"和"平等"。

而在表 5-10 的数据统计分析结果中可以发现，中国企业管理者倾向的价值观体系中，代表传统价值观念的有："特殊主义"、"整合型"、"集体主义"、"外部导向"、"同时处理"，代表西方价值观念的有："赢得的地位"、"平等"。样本既有更认同传统价值观的方面，也有更认同西方观念的方面。

在基于 2000 年数据的研究中，笔者发现，中国管理者普遍倾向于特殊主义，这使得在管理过程中的制度有效性受到制约，同时管理者也会使用各种手段来制造特殊关系，从而不受制度约束。在对待内部工作上表现出强烈的分析倾向，在所有对比国家中表现比例最高。但是对于外部关系问题上又表现出整合倾向。中国管理者依然为集体主义倾向。虽然超过半数以上的管理者在用人、人员配备上强调了个人能力，但相对于美国等个人主义色彩显著的国家来说，这个比例还是非常低的。在对待家庭关系上，中国人依赖家庭的传统观念遭到了质疑，中国依赖个人的选择比例已经非常高，和美国的比例没有大的差别，这表明强调个人独立性的价值观已经形成。一般认为东方国家倾向于外部导向，认为外界力量左右着人们的成功。但是中国企业管理者更倾向于内部导向，他们相信自己的努力和判断，自己左右自己的命运。中国企业管理者具有强烈的物质导向，高于欧洲大部分国家。企业追求利益的动机也促使了人们更倾向于业绩主义。中国管理者对权力依赖度比较高，但权威来源上更倾向与知识和经验，同时倾向于目标的实现是他们工作动机的主要来源，只有少部分人认为权力是他们的动机来源（张力军、王雪莉，2003）。

而此次的研究结果，除了外部导向一个维度外（2000年的研究发现是内部导向），再次印证了上述发现，体现出惊人的一致性，这也符合价值观体系内在稳定性的特征。关于外部导向维度的变化，可能的解释是从2000年至今，中国企业外部环境的影响和约束能力在日益增加，加之一些特殊事件对企业经营和个人价值体系的深度影响（SARS或自然灾难），使得管理者的这一维度又有些转回传统的外部导向倾向。

值得注意的是，中国管理者在改革开放三十余年之后，价值观的特征是"特殊主义"、"整合型"、"集体主义"、"外部导向"、"同时处理"、"赢得的地位"、"平等"，这其中大部分是中国传统价值观念，也有西方价值观念的成分。这个结果一方面说明中国管理者受到了西方的影响，价值观念在悄悄发生着改变，并直接影响到其管理决策和管理行为，"竞争"、"平等"的观念已经深入人心；另一方面，具有东方管理哲学特征的传统价值观仍占据着重要的地位，这说明价值观是相对固定，并非轻易能改变的，中国管理者尽管受到西方思想的影响，但在深层次的一些方面，传统观念依然固化于心。笔者近十年采用不同研究模型对中国企业管理者价值观维度的研究也保持着相当的一致性，也印证了价值观体系的相对稳定性。从七个价值两难的管理决策过程也可以看出，东方管理哲学在对中国企业管理者的管理战略制定方法，管理制度的权威地位，对人的管理出发点等方面发挥着重要作用，而竞争和平等这样的代表西方管理哲学的价值维度则在具体的管理方式和管理工具选择方面发挥着作用。以我所思为主，有选择性地为我所用，这个特点本身也符合东方管理哲学的灵活适应的思维方式。因此，雷恩和德鲁克对于管理与文化环境之间关系的论述也得到了又一次佐证。

（2）中国企业管理者价值观与对西方管理思想与方法认知度的关系。本研究中将价值观分为七个维度，将西方管理思想与方法按因子分析得到的结果分为两个维度，利用相关分析的方法，探索这两者之间的关系。从得到的初步数据结果来看，不是所有的价值观维度都能映射在对西方管理思想与方法的认知中，比如"平等或阶层"这一个维度与认知不具有明显的相关关系，其他六个维度与认知均有较好的相关关系。所以总的来说，管理者价值观与对西方管理思想与方法的认知存在着相关关系。

将没有与认知体现出明显相关关系的价值观拿掉，这样可以更清楚地看到管理者价值观对认知的作用，如表5-11所示：

表5-11　管理者价值观与西方管理思想与方法相关矩阵

管理者价值观	管理工具手段的认知	管理思维方式的认知
普遍主义	0.101[1]	0.052
分析	0.188[2]	0.143[2]
整合	0.091[1]	0.112[2]
集体主义	0.131[2]	0.109[2]
外部导向	0.092[1]	0.065
依序处理	0.130[2]	0.027
赋予的地位	0.142[2]	0.032

①表示在0.05水平上显著相关。

②表示在0.01水平上显著相关。

从统计结果可以看出，这几个显著的价值观维度对西方管理知识维度都是正向相关的。

具有普遍主义价值观的管理者，对西方管理工具的认知显著。这可以解释为，普遍主义者相信普适性的规则，所以愿意学习和使用西方管理工具。

崇尚分析或者整合的管理者，对管理思维方式的认知都很显著。这说明尽管普遍认为西方管理思想偏向于分析型，整合方面不足，但中国持整合型价值观的管理者依然愿意了解使用西方的管理思维方式。另外，持分析型价值观的管理者（较整合型管理者）对管理工具的认知更为显著，这同西方管理工具以分析见长的特点是一致的。

一个有意思的结果是，持集体主义价值观的管理者，对于管理工具和管理思维方式思想的认知都很显著。可能的解释是，中国传统企业的中高层管理者大多持集体主义价值观，但这并不妨碍他们学习西方管理知识，甚至由于他们的管理者地位，更需要知晓西方管理知识。这一方面说明在中国学习西方管理知识是有大环境的，另一方面也说明价值观是相对固定的，西方管理思想和知识的渗透也难以改变某些特定的价值观。

外部导向作为中国传统价值观，却与对西方管理工具的认知显著相关，这个解释同上面类似，说明管理者的价值观不会对学习西方管理工具造成阻碍。但是外部导向同西方管理思维方式并没有明显的相关关系。

依序处理，同普遍主义以及分析型一样，是偏西方的价值观，同西方管理工具蕴含的价值观一致，所以相关结果显著。

相信赋予的地位，是中国传统价值观的组成，持这个价值观的管理者，对学习西方管理工具不存在障碍，但对于西方管理思维方式却没有明显相关关系。

综上分析，可以认为，持普遍主义、分析型、依序处理这类偏西方价值观的管理者，对西方管理思想与方法的认知都显著；持重视整合、集体主义、外部导向、相信赋予地位的传统价值观管理者，也同样对西方管理工具的认知显著，但对于西方管理思维方式的认知显著性较低。总体来说，持不同价值观念的中国管理者，对西方管理工具的认知都比较显著，这说明无论价值观如何，学习西方管理工具是潮流所在，中国管理者接受西方管理工具的障碍并非来自于价值观的差异；但持不同价值观念的中国管理者，对西方管理思维方式的认知程度有差异，这说明在思想层面上，中国管理者的认知受到价值观的影响，持传统价值观的认知较不显著，持西方观念的较为显著，这也是价值观的思想性和固定性的验证和体现。

不同特征的管理者对西方管理工具与管理概念框架的认知判断研究

1. 研究假设

对于西方管理思想与方法的认知这个角度，再进行深入挖掘。从管理者价值观文献的历史观点来看，有四种经验式研究（Ferderick，1995）。首先的关注点放在了个体管理者，包括了对管理者的个人特征与特点的研究，本研究就是属于这类。下面的三个假设，都是基于管理者个人变量的特点提出的。

西方管理思想和工具看重专业化、规范化和制度化，在理性分析方面见长，易于复制使用。对于中国管理者来说，工作年限较短的"新手"，对这些体系化的思维方式更容易接受，对现成的工具更容易上手；工作年限较长的"老手"，更重视发挥人在管理中的能动作用，努力在管理的过程中建立和谐的人际关系。因为工作经验的不同，管理者对西方和传统的管理思想的认知也不同。由此，本研究提出如下假设。

H3：中国管理者从事管理工作年限的长短，影响其对西方管理工具与思想的认知与使用。

西方管理思想与近代工业生产和科学技术的发展紧密联系在一起，各种管理理论在经历了科学管理运动之后不断涌现，通过书籍、管理学院、网络等方式传播。基于这些传播形式，管理者的学习能力和对知识掌握程度，直接关系到对西方管理思想和工具的了解和接受深度。

所以，本文提出如下假设。

H4：中国管理者的学历情况，影响其对西方管理工具与思想的认知与使用。

出国考察这种方式促使中国管理者更直接地受到国外文化和价值观的冲击，包括外国管理者工作的方式等，引发中国管理者的思想触动，改变其对西方管理思想与方法的认知。所以，本文提出如下假设。

H5：中国管理者是否有过出国考察经历，影响其对西方管理工具与思想的认知与使用。

2. 研究结果

（1）西方管理思想与方法认知度与管理者工作年限的关系。在分析过样本整体价值观和西方管理知识之间的关系后，本研究将进一步分析样本的个人变量与西方管理知识的关系，首先是工作年限的差异。

在问卷中，样本填写了从事管理工作的年限，在之前的样本个人特征中，已经描述过这个数据的平均值为9.5年，中位数是8年。为了探寻不同管理工作时长与西方管理思想与方法的关系，研究将工作年限按时间段分为4组，分别是：3年以下、3~8年、9~13年、14年以上。如此分组是因为样本的中位数是8年，并且这4个组的样本数相对较为平均。接下来描述这4个组对西方管理思想与方法的认知，结果如表5-12所示：

表5-12　西方管理思想与方法认知度与管理工作年限方差分析

西方管理思想与方法两维度	管理工作年限	统计量	均值	标准差
管理工具手段的认知	≤3 年	117	2.325 6	0.803 88
	4~8 年	208	2.772 6	0.998 20
	9~13 年	153	3.067 9	1.008 58
	≥14 年	180	3.169 7	1.149 08
管理思维方式的认知	≤3 年	117	2.467 2	0.993 58
	4~8 年	208	2.830 1	1.159 44
	9~13 年	153	2.754 2	1.096 30
	≥14 年	180	2.659 7	1.103 43

表 5-14　西方管理思维工具与概念框架认知度与管理者出国经历方差分析

西方管理思想与方法两维度	是否出国学习或者考察过	统计量	均值	标准差	特征值
管理工具的认知	是	359	3.079 9	1.120 51	0.000
	否	271	2.582 5	0.908 23	
管理概念框架的认知	是	359	2.724 6	1.124 20	0.529
	否	271	2.668 3	1.092 10	

从均值可以看出，对西方管理工具的认知，有出国学习经历的管理者，明显高于没有这个经历的管理者，显著性检验也证实了这一结果，管理工具手段认知与是否出国考察过的差异是显著的（Sig≤0.05）。但是在对管理思维方式的认知的维度上，出国经历对认知的差异不太明显，显著性检验也说明差异是不显著的（Sig≥0.05）。

这说明较为直观的工具类知识，可以通过出国学习得到最直接的体验，认知效果较为显著；但是思想思维方式这类知识较为抽象，出国学习考察一般时间较短，对这类西方管理知识的认知效果不太显著。

不同特征的企业对西方管理工具与概念框架的认知差异

1. 研究假设

本研究进一步分析样本的企业属性变量与管理者对西方管理知识认知的关系。不同特征的企业，对于西方管理工具与概念框架的认知判断一定存在着不同。按照问卷中涉及的企业特征信息，提出以下假设分别加以验证。

H6：中国企业的所有制性质不同，影响其对西方管理工具与概念框架的认知与使用。

H7：中国企业的规模，影响其对西方管理工具与概念框架的认知与使用。

H8：中国企业的经营状况，影响其对西方管理工具与概念框架的认知与使用。

H9：中国企业所处地区不同，影响其对西方管理工具与概念框架的认知与使用。

H10：参加过 ISO 系列认证的中国企业，对西方管理工具与概念框架的认知与使用程度较高。

H11：接受过管理咨询的中国企业，对西方管理工具与概念框架的认知与使用程度较高。

2. 研究结果

（1）西方管理工具与概念框架认知度与管理者所在企业性质的关系。在问卷中，样本填写了所在企业性质的分类，大致分为 5 类，其中可以看出国有企业的统计量最大，而政府机关/事业单位的统计量最小。在问卷中，第 6 个选项"其他项"的选择量非常小，对于分析判断没有参考意义，故作为缺失项处理。通过方差分析得到数据表 5-15 所示：

表 5-15 西方管理工具与概念框架认知度与管理者所在企业性质的方差分析

西方管理工具与 概念框架两维度	企业性质	统计量	均值	标准差
管理工具手段的认知	国有企业	273	2.901 8	1.070 43
	外商独资	86	2.900 9	0.952 04
	合资企业	40	3.393 3	1.221 63
	民营/私营企业	218	2.817 3	1.018 38
管理思维方式的认知	国有企业	273	2.545 5	1.040 21
	外商独资	86	2.994 6	1.070 45
	合资企业	40	3.310 0	1.188 10
	民营/私营企业	218	2.730 1	1.133 55

从均值的变化来看，可以看出对于西方管理知识的两个维度来说，来自合资企业的管理者的认知程度最高，来自外商和国企的管理者的认知程度较高，而来自民营、私营企业的管理者对西方管理知识的认知程度最低。

直观上不同组间的认知是有差异的，但统计上这种差异是否显著？通过方差分析，从 F 统计量的显著值得到，管理工具手段认知这个维度，对不同性质企业管理者的差异是显著的（Sig = 0.002）；管理思维方式的认知对不同性质企业管理者的差异也是显著的（Sig = 0.000）。

研究进一步探索差异产生的根源，通过单因子方差分析，采用 LSD 的方法进行平均值多重比较，发现均值最高的合资企业在管理工具手段维度上同其他几种性质的企业间的差距是显著的，但在管理思维方式维度，与外资企业间的差距不显著。

（2）西方管理工具与概念框架认知度与企业规模的关系。通过对样本所处企业规模的统计，以及西方管理工具与概念框架的两个维度进行方差分析，考察不同规模的企业管理者对西方管理认知的影响，描述性统计结果和单因子方差分析（One-Way ANOVA）结果如表5-16所示：

表5-16　西方管理工具与概念框架认知度与企业规模方差分析

西方管理工具与概念框架两维度	企业规模	统计量	均值	标准差
管理工具手段的认知	大型企业	322	3.026 0	1.095 04
	中型企业	195	2.821 4	0.982 41
	小型企业	117	2.603 6	0.995 76
管理思维方式的认知	大型企业	322	2.783 3	1.092 68
	中型企业	195	2.634 5	1.103 99
	小型企业	117	2.647 0	1.135 61

从统计量上可以看出，50% 以上的样本来自大型企业，来自中小型企业的样本数量相近。从均值可以看出，来自大型企业的管理者对西方管理工具与概念框架的认知度都是最高的。通过进一步的方差分析，企业规模对管理工具手段认知的差异是显著的（Sig = 0.002）；企业规模对管理思维方式认知的差异却并不显著（Sig = 0.363）。

通过 LSD 方法下的平均数多重比较检验，可以看出企业规模对管理工具手段认知差异的显著性体现为大型企业对中小型企业的差异上，中小型企业之间的差异并不显著。在对管理思维方式的认知这个维度上，按企业规模划分的结果是，并没有明显的差异。

（3）西方管理工具与概念框架认知度与企业经营状况的关系。通过考察样本所在企业的经营状况，以及西方管理工具与概念框架的两个维度进行方差分析，考察不同经营状况的企业管理者对西方管理认知的影响，描述性统计结果以及方差分析如表 5-17：

表 5-17　西方管理工具与概念框架认知度与管理者
所在企业经营状况的方差分析

西方管理工具与概念框架两维度	企业经营状况	统计量	均值	标准差
管理工具手段的认知	非常好	106	2.957 8	1.078 88
	比较好	368	2.984 0	1.078 90
	一般	149	2.603 0	0.944 04
	不很好	20	2.550 0	0.908 15
	很不好	3	2.100 0	0.800 00
管理思维方式的认知	非常好	106	2.780 0	1.054 55
	比较好	368	2.718 6	1.070 13
	一般	149	2.642 1	1.131 92
	不很好	20	2.618 3	1.057 26
	很不好	3	2.166 7	1.194 01

从统计量上可以看出，大部分样本选择了"比较好"，选择"一般"以上选项的样本占到了样本数量的 96.44%，这说明样本对于所在企业经营情况的评价总体不错。从均值可以看出，随着经营情况评价由好至坏，样本对于西方管理工具与概念框架的认知也是越来越低的。

通过显著性检验，在管理工具手段维度，企业经营情况导致的差异是显著的（Sig = 0.001）。但是在对管理思维方式的认知的维度上，企业经营情况导致的差异不太明显，显著性检验说明差异是不显著的（Sig = 0.762）。

对于差异明显的管理工具手段维度来说，主要的差异产生于经营状况"一般"与"非常好"、"比较好"，而"非常好"与"比较好"之间的差异不显著。

（4）西方管理工具与概念框架认知度与企业所处地区的关系。在问卷中，笔者将全国按照地域分为七个区域，调研样本所在企业的总部所在地，从而研究不同地域的企业，其管理者对于西方管理知识的认知情况。通过方差分析得到数据表 5-18 所示。

表5-18　西方管理工具与概念框架认知度与企业所处地区的方差分析

西方管理工具与概念框架两维度	企业所处地区	统计量	均值	标准差
管理工具手段的认知	东北地区	55	2. 725 7	1. 144 01
	华北地区	350	2. 712 4	0. 978 43
	华南地区	44	2. 985 2	1. 042 91
	华中地区	41	3. 375 9	1. 305 41
	华东地区	82	3. 222 1	1. 081 60
	西南地区	19	3. 417 5	0. 795 77
	西北地区	43	2. 685 8	1. 047 57
管理思维方式的认知	东北地区	55	2. 379 4	1. 028 09
	华北地区	350	2. 737 3	1. 078 69
	华南地区	44	2. 770 5	1. 104 94
	华中地区	41	2. 961 0	1. 217 10
	华东地区	82	2. 693 9	1. 227 26
	西南地区	19	3. 045 6	1. 129 53
	西北地区	43	2. 262 4	0. 897 12

从均值的变化来看，对于西方管理工具和手段来说，西南地区、华东地区、华中地区以及华南地区的认识度最高，西北地区的认知度最低；对于西方管理思维方式的认知来说，西南地区、华中地区、华南地区以及华北地区的认知度最高，西北地区的认知度是最低的。

通过方差分析，从 F 统计量的显著值得到，管理工具手段的认知这个维度，对不同地区企业的管理者的差异是显著的（Sig = 0.000）；而管理思维方式的认知对不同地区企业管理者的差异也是显著的（Sig = 0.013）。

研究进一步探索差异产生的根源，通过单因子方差分析，采用 LSD 的方法进行平均值多重比较发现，对于西方管理工具和手段，组间的差异主要体现在几个认知程度较高的地区——华中、华东、西南，与几个认知程度较低的地区——东北、华北、西北，这两组的差异较大，华南居中差异不显著。对于西方管理思想理论维度，利用差异归为三类：认知最高的东北、华北、华中、西南，认知与第一梯队差异不明显的华东和华南，以及认知明显偏低的西北。

（5）西方管理工具与概念框架认知度与样本所在企业是否参加过 ISO 系列认证的关系。通过对样本所在企业是否参加过国际认证的考察，以及西方管理工具与概念框架的两个维度进行方差分析，考察国际认证对西方管理认知的影响，描述性统计结果以及方差分析如表5-19所示。

表5-19　西方管理工具与概念框架认知度与企业参加
ISO 系列认证与否的方差分析

西方管理工具与概念框架两维度	是否参加过 ISO 系列认证	统计量	均值	标准差
管理工具手段的认知	是	377	3.129 4	1.078 11
	否	261	2.533 5	0.915 44
管理思维方式的认知	是	377	2.732 1	1.149 99
	否	261	2.681 1	1.057 07

从均值可以看出，对西方管理工具的认知，参加过国际认证的企业管理者，明显高于没有经过认证的管理者，显著性检验也证实了这一结果，从 F 统计量的显著值得到，管理工具手段认知与是否参加过 ISO 系列认证的差异是显著的（$Sig = 0.000$）。但是在对管理思维方式的认知维度上，参加认证与否对认知的差异不太明显，显著性检验也说明差异是不显著的（$Sig = 0.569$）。

这说明在工具手段这个层面上，参加过国际认证可以直接获得对这方面的西方管理知识的认知；但在思维方式这个较深层次上，参加国际认证则不一定带来对思维的西方式影响。

（6）西方管理工具与概念框架认知度与企业是否接受过管理咨询的关系。通过对样本所在的企业是否接受过管理咨询的统计，以及西方管理工具与概念框架的两个维度进行方差分析，考察管理者对西方管理认知的影响，描述性统计结果和单因子方差分析结果如表5-20所示：

表 5-20　西方管理工具与概念框架认知度与企业接受管理咨询方差分析

西方管理工具与概念框架两维度	管理咨询	统计量	均值	标准差
管理工具手段的认知	是，国外咨询公司	226	3.049 6	1.080 78
	是，国内咨询公司	245	3.002 7	1.051 81
	从来没有	169	2.448 8	0.940 75
管理思维方式的认知	是，国外咨询公司	226	3.026 2	1.107 70
	是，国内咨询公司	245	2.649 0	1.078 54
	从来没有	169	2.341 4	1.021 96

从统计量上可以看出，60%以上的样本所在的企业接受过管理咨询服务，其中接受国外咨询公司或国内咨询公司的样本基本持平。从均值上可以看出，接受过国外咨询公司服务的企业，其管理者对西方管理知识的认知度是最高的，而从来没有接受过管理咨询服务的企业，其管理者对西方管理知识的认知度是最低的。

通过进一步的方差分析，企业是否接受过管理咨询服务，对管理工具手段认知的差异是显著的（Sig = 0.000）；对管理思维方式的认知的差异也是显著的（Sig = 0.000）。

通过 LSD 方法下的平均数多重比较检验，考察组间的差异产生的原因。可以看出，只要是接受过管理咨询服务的企业，无论是国外公司还是国内公司，其管理者对西方管理工具与手段认知的差异是不显著的，这个差异来自于从未接受过管理咨询服务的企业管理者，其认知程度的差异显著。对于西方管理思维方式，是否接受过管理咨询服务的认知差异是显著的，并且，接受过国外咨询公司服务的企业管理者，其对于该维度的认知程度要显著高于接受过国内咨询公司服务的企业管理者。

中国企业管理价值观对中国企业影响的结果维度

中国企业的管理实践特点

在之前的文献回顾中，曾经提到 Charles Hampton-Turner 提出的企业创造财富的七种增值过程，在这些增值过程中，他发现了七个蕴含其中的"价值两难"现象。通过他的发现，可以描述出以美国为代表的西方价值观典型特点和企业增值过程中的特点。

美国管理者的价值观特点可以归纳为：讲求分析，并且追求普遍的客观秩序，把企业当成设计精美的组织机器，在市场机制中运作；美国管理者非常独立，有坚定的内在信念，也就是内在导向的个人主义者；美国管理者重视掌握时间的速度，企业员工被当做机器的一部分；美国文化重视成就与平等，这影响了美国人对企业经营的想法，把企业经营当成竞赛或公平的竞技（Charles Hampton-Turner，1993）。

西方企业管理特点有：企业经营管理过程更分散，企业管理手段更简洁高效，企业经营宗旨与目标更单一，企业经营管理导向更重视结果，人际关系更竞争对立，管理人员和员工的价值观个人利益导向，企业的核心价值观更注重效率。

最后一个假设，是要探索企业管理实践以及管理者价值观之间的关系。由于价值观能够映射到管理实践行为中，这两组关系尽管不是一一对应的，但能预测到它们是互相交叉相关的。比如企业管理手段，可能因管理者持普遍主义的价值观而导致管理手段简洁，也可能因管理者持特殊主义价值观而导致管理手段复杂。由表 5-21 可以看出，企业管理实践的七个维度，可能与管理者价值观的某一个或几个维度相关。

表 5-21　管理实践与价值观的相关关系假设

企业管理变量	选择	可能相关的价值观
企业经营管理过程	系统或分散	整合或分析型
		依序处理或同时处理
企业管理手段	简洁或复杂	普遍主义或特殊主义 整合或分析型
企业经营宗旨与目标	多元或单一	内部导向与外部导向
企业经营管理导向	重视结果或过程	赋予的地位或赢得的地位

企业管理变量	选择	可能相关的价值观
人际关系	和谐或对立	集体主义或个人主义 平等或阶层
管理人员和员工的价值观	个人利益或集体利益	集体主义或个人主义
企业的核心价值观	效率或公平	普遍主义或特殊主义 内部导向或外部导向

根据以上的分析，本文将中国管理者的价值取向，以及管理行为特点倾向联系起来，提出如下假设。

H12：中国管理者价值观的特点，影响了企业的管理实践以及文化与价值观的特点。

样本对中国企业管理实践特点的认知

在问卷中，研究提出了企业管理实践的七个方面，考察样本对于所在企业管理实践现状的看法，由此得到企业管理实践的特点概况。这七个企业管理的主要方面，利用 6 级答案从一种实践选择到另一种截然不同的实践选择。均值结果如表 5-22 所示，为了方便分析数据，将"管理人员和员工的价值观"数据进行了重新定义，将 1 与 6、2 与 5、3 与 4 对调。

表 5-22　企业管理实践量表描述性统计

企业管理实践七个方面	1 代表	6 代表	统计量	均值	标准差
企业经营管理过程	系统	分散	644	2.178 6	1.332 96
企业管理手段	简洁	复杂	645	2.826 4	1.638 32
企业经营宗旨与目标	多元	单一	637	3.463 1	1.769 94
企业经营管理导向	重视结果	重视过程	643	2.75 74	1.681 01
人际关系	和谐	对立	644	2.995 3	1.619 76
管理人员和员工的价值观	集体利益	个人利益	640	3.362 5	1.620 44
企业的核心价值观	效率	公平	647	2.630 6	1.551 35

由描述性统计结果可以看出，样本普遍认为自己所在的中国企业：企业经营管理过程更加系统，管理手段更简洁，经营宗旨与目标更单

一，经营管理导向更重视结果，人际关系更和谐，管理人员和员工价值观更倾向于个人利益，企业核心价值观更注重效率。

中国企业管理者价值观对中国企业管理实践的相关分析

面对管理者价值观的七个维度，以及企业管理实践中的七个方面，通过相关关系检验，分析中国企业管理者价值观对中国企业管理实践的影响。

在本文的假设中提到，管理者价值观的七个维度，既可以描述出西方价值观，也可以描述出传统价值观念，这两者是相对立的两种价值观。对于企业管理实践而言，也有七个不同的方面，每个都有两个对立的做法或理念。所以，本文分析价值观对管理实践的影响，也就是分析中国管理者 14 个价值观特征（七个西方观念、七个传统观念），对于中国企业管理实践的 14 个选项，哪个或哪几个有显著的相关关系。本文在假设中曾根据逻辑关系，推测过价值观与管理实践的相关可能性，比如对于企业管理手段，可能因管理者持普遍主义的价值观而使得管理手段简洁化，也可能因管理者持特殊主义价值观而使管理手段复杂化。

通过相关分析，形成了 7×14 的相关矩阵。将相关分析中价值观对管理实践不显著的维度拿掉，只留下结果显著的数据，这样可以更清楚地分析相关关系显著的维度，如表 5-23 所示：

表 5-23　管理者价值观与管理实践相关关系表

管理实践/ 管理者价值观	企业经营 管理过程	企业管理 手段	人际关系		管理人员和 员工的价值观	企业的 核心价值观
	系统	简洁	和谐	对立	个人利益	效率
普遍主义		0.106[1]				
特殊主义						0.090[1]
分析	0.104[1]	0.087[1]				
个人主义				0.110[2]		
集体主义	0.158[2]				− 0.098[1]	0.082[1]

（续）

管理实践/ 管理者价值观	企业经营 管理过程	企业管理 手段	人际关系		管理人员和 员工的价值观	企业的 核心价值观
	系统	简洁	和谐	对立	个人利益	效率
内部导向	0.102[①]					0.101[①]
外部导向	0.098[①]					0.112[②]
依序处理	0.113[②]	0.100[①]				
同时处理	0.108[②]				−0.100[①]	
赢得的地位	0.086[①]					
平等			0.111[②]			
阶层				0.083[①]		

①表示在 0.05 水平上显著相关。

②表示在 0.01 水平上显著相关

对比研究假设中的相关关系假设表，以及对企业管理实践的描述，可以看出，其中逻辑上成立的相关关系有：

①企业经营管理过程更加系统，其管理者价值观是倾向于集体主义以及看重赢得地位（倾向于传统价值观和实践做法）；

②管理手段更简洁，对应管理者价值观特点是崇尚普遍主义、分析型，以及习惯于依序处理（倾向于西方价值观和实践做法）；

③人际关系更和谐，对应管理者价值观崇尚平等；

④人际关系更对立，对应管理者价值观崇尚个人主义和阶层关系；

⑤管理人员和员工价值观更倾向于个人利益，与持集体主义以及喜欢同时处理的管理者价值观负相关；

⑥企业核心价值观更注重效率，与管理者持内部导向价值观是一致的。

由此可以看出，管理者价值观的倾向不同，对应的企业管理实践做法也不同，所以说管理者价值观对企业管理实践是有影响的。但需要说明的是，价值观是深层次的想法和态度，而管理实践做法来自于样本的主观看法，这两者都是不容易准确地进行测度和考量的。将这两者的结果放在一起探索相关关系，会出现很多"噪声"，比如持两种截然不同价值观的管理者，对管理实践的看法相似，这是衡量模糊的主观概念时会出现的不准确性。但是在这些关系中，仍然可以梳理出符合逻辑的价值观与管理实践的关系，因此可以判定，管理者价值观确实对企业管理实践是有影响的。

第 6 章

结　论

‖ 实践中的阻力 ‖

　　尽管西方管理工具与概念框架在中国得到广泛的传播，中国管理者对这些舶来品的看法却始终是有争议的。从文献中也可以看到，西方管理知识在中国的实践并不是一帆风顺的，甚至经常"水土不服"。所以问卷设计了适用度和阻力两道题目，考察这个角度下的影响。

　　对于"西方管理思想和工具在中国企业可推广的程度"这个问题，从 1 到 6 表示"完全适用"到"完全不适用"，在 638 个回答中，从均值来看，3.07 可以解释为西方管理工具与概念框架在中国企业中是比较适用的，由于标准差不足 1，更可以说明样本普遍的选择是在一般适用到比较适用之间。

　　在考察对于推广阻力的看法时，样本选择三项西方管理工具与概念框架在中国推广最大的阻力，共给出了 2 026 个答案。其中频率最高的阻碍是"文化与观念"，26.5% 的样本选择了这一选项；其次是"法律法规不健全"，占 14.9%；第三是"政治经济社会体制差异"，占 13.8%。相对来说，最不被认为是阻碍因素的为"国家宏观环境"，占 4.7%，这说明样本对我国开放的大环境具有较高的认可度。

可以看出，中国管理者对西方管理工具与概念框架的顾虑和价值观的关系紧密，"文化与观念"和"政治经济社会体制差异"都说明中国土生土长的管理者，接受这些"洋学说"还是有一定障碍的。这些障碍也正是西方传统管理理论的弱点：强调普适性，忽视文化、社会、政治因素的管理土壤对管理制度与工具有效性的影响。在西方管理思想的发展历程中，权变理论的出现以及权变思想的流行是对这种缺陷的纠正，不过权变因子多数仍停留在组织、群体或者个体层面，作为国家层面的宏观变量，并没有进入权变理论的研究范畴。在管理思想与方法的传播过程中，这些宏观变量对于传播结果的影响还是很关键的。

在西方管理思想和工具越来越受到追捧，不断被中国企业所接纳的同时，中国管理学者也逐渐看到一些西方管理思想或工具在中国出现了"水土不服"的情况。一方面，由外国咨询公司引入的"先进管理方法"在部分中国企业遭到了巨大的挫折；另一方面，一些在外国公司早已得到广泛应用和验证的管理工具在中国企业的推广也遇到了重重阻碍。

外国管理咨询公司在中国企业面临的窘境

自20世纪90年代以来，麦肯锡、BCG、贝恩等世界级咨询公司纷纷登陆中国市场，掀起了一股"洋咨询"的热潮。随着与中国本土企业合作的日益加深与影响力的逐渐扩大，这些咨询公司也成为了向中国引入西方管理思想和工具的前沿阵地之一。可是，在受到中国企业热捧，赚取巨额利润的同时，"洋咨询"们也在中国也遭遇了尴尬：一些耗费巨大人力物力的咨询方案因为无法推行而无奈地被企业束之高阁；更有甚者，一些世界知名的咨询公司也在中国企业遭遇了"滑铁卢"。其中最负盛名的咨询机构麦肯锡公司，在将代表"国际先进的管理经验和体制"的美国模式移植到王府井百货、实达集团、乐百氏、康佳等中国企业时，一一遭受巨大挫折（廖文燕、蔡巍、赵明峰，2004）。

1996 年，王府井百货斥资 500 万邀请麦肯锡公司帮助其设计"百货业大连锁经营方案"。而不管是麦肯锡设计的"国际先进的管理经验和体制"，还是帮助引进的 JDA 软件系统，都被王府井方面认为"不太适应王府井的需要"，合作也就此"中途夭折"。

1998 年，实达集团邀请麦肯锡公司为其设计一个"面向新世纪、向国际化公司运行机制靠拢的市场营销及销售组织体系"。这场改革在实达引发了被媒体称为"千人换岗"的奇观，而且在改革中出现了职责不清、效率低下、物流混乱、信息不畅等种种问题。实达的业务量急剧萎缩，麦肯锡的新方案在实施 5 个月后被迫终止。此后的实达更是连续两年亏损，沦为了 ST。

同是 1998 年，乐百氏以 1200 万元的天价，委托麦肯锡为乐百氏制定发展战略。前后历时 4 个月，近 300 页的"乐百氏战略蓝皮书"并没有助力乐百氏的发展，却让 1998 年成为了乐百氏的"灾年"：当年乐百氏的市场增长速度从前一年的 85.3% 大幅下滑到 33.3%，并且从那时起就一直处于较低的发展水平。此后麦肯锡又建议乐百氏走合资之路，其结局竟是 2001 年达能宣布接管乐百氏，何伯权等五名乐百氏的"开国元老"最终集体离职。

1999 年，麦肯锡为康佳制定"以组织架构和考核激励机制"为重点的方案实施不到一年就悄然停止。之后，由于错误的战略，康佳在 2001 年宣布亏损 6.998 亿元，作为"战略咨询"顾问的麦肯锡并没有发挥应有的作用。

除此以外，麦肯锡为联通制定的备受诟病的 CDMA 推广方案以及与上海轮胎的失败合作，都让麦肯锡走下了神坛。虽然这些失败的案例只是麦肯锡众多的项目中的少数，但是由于麦肯锡本身的举足轻重的地位与国际影响力，这些事件引起了媒体的巨大关注，也引发了学者、评论家和企业家们的激烈讨论：以麦肯锡为代表的"洋咨询"们，是否真的能够了解中国国情，适应本土企业？又是什么原因导致了他们在中国的碰壁？

在广泛的讨论中，主要存在以下几种观点。

1. 文化差异导致了外国咨询公司无法完全理解中国企业

众所周知，中国具有很悠久和深层次的文化，外国咨询公司并不容易在短时间内深刻理解中国企业文化。麦肯锡等一些国际咨询最初是因为跟随客户，逐渐进入中国市场。经过近二十年的摸索与历练，如今的麦肯锡可以宣称自己80%的员工是中国人，与数百家中国企业有合作。但不管是麦肯锡引以为傲的数据库还是研究方法，都是基于西方经典的管理理论与以此为指导的管理实践，而麦肯锡的咨询人员，即使是本土员工，大多也是在西方管理思想的理论框架下学习成长起来的，很多年轻的咨询人员也并没有在企业中工作的实践经验，所以对于洋咨询是否能够真正本土化的质疑从未间断过。甚至在央视专门探讨实达与麦肯锡合作的一期《对话》节目中，时任TCL总经理的吴士宏这样说道："我认为今天国际上的大的咨询公司应该没有一个能够深入地了解真正中国企业的核心文化，为什么这么说呢？中国的文化太深了，而且中国企业的成长，是从泥地里成长起来的……国际的咨询公司很难深入到中国的企业、纯粹中国企业的深层文化里面去。并不是说它咨询的东西就一定做不成……它不太容易融到企业文化，加中国文化、加地域文化的深层里边去。"安达信企业咨询合伙人施能自也说："对于老外来说，技术性的东西问题不大，但是国外和国内的思想、历史、文化、行为方式都不一样，老外如果不了解这些区别，提出的方案很可能就被否定掉。"

像这样的壁垒，在上文提到的失败案例中得到了印证。中国传统文化尊重权威，权力的层级比较明显，按照荷兰著名的管理学家霍夫斯塔德的文化分类中，中国在权利距离方面得分在世界范围内也是比较高的。这样的文化传统，无疑对中国的企业文化产生了根深蒂固的影响。很多中国企业采用以权力分层、以职能分部的金字塔组织结构，长期以来，员工容易形成对权力和组织的依赖，自主性和协调性较差。

一旦打破等级观念，员工反而会感觉无所适从。

实达也不例外。在与麦肯锡的合作中，麦肯锡建议实达在拆散原有的各产品事业部的基础上进行资源整合和管理重组，成立以纵横交叉为特征的矩阵型组织体系。这种体系提倡的是一种"重程序"而"轻权力"的西方理性企业文化，没有上下级观念，所有的人都是管理"程序"上的环节。新方案要求实达由个人权力式管理方式向程序化管理方式转变，与公司原有的管理方式和决策管理层有根本性的冲突。

唐广（2003）认为，在这样的矩阵式管理模式中，员工要向双重领导汇报。按照传统的官本位思想，一定是谁官大听谁的，谁是主管听谁的。如果在新的体制下，却没摆脱官本位思想，就会出现工作起来不知向谁汇报等问题。

事实证明，为了适应这种先进的管理组织体系，实达集团付出了巨大的代价：采用新模式后的实达出现了人员分工不明，工作效率低下，大量的应收账款、物资、库存的积压，销售远远没有达到原定的年度计划，企业库存积压和资金流转等严峻的问题。从新模式实施到种植，这一期间在整体造成的损失最终高达 1.3 亿元。

陈支农（2003）认为，麦肯锡虽然是世界咨询业的佼佼者，但毕竟是西方的麦肯锡，麦肯锡中国公司的雇员虽然大多是中国人，但他们所受的专业教育、背景、资历等并不一定全是中国式的，就像虽然都是电脑，但所装软件、平台不同，使用上也各不相同。这就决定了两种文化的差异，两者一旦走到一起必然要碰撞。如果这两种文化密码不能成功破译，那么在解决企业的具体问题方面就很容易出现隔靴搔痒或者端口对接不上的情况。

2. 市场经济发展水平的差异

另一种观点认为，中国市场经济发展水平与西方国家的差距也是导致中国企业无法较好地消化吸收西方咨询方案的原因。

《新经济导刊》在《拷问资讯业》中认为，"时下比较流行的管理学理论大多都来自发源于西方的 MBA 教程。参与咨询的咨询顾问往往也是深受此类教育影响的 MBA 们。大多数中国企业的市场化程度远远赶不上经过多年市场洗礼的欧美企业。MBA 理论多是适用于非常规范化经营管理的公司，在很多相关的管理学教材上甚至直接注明：本书适用于美国、欧洲等市场化国家企业，在运用于中国、印度、智利等国家时，需要做适当变通。很多失败的案例也都已经证明了这一点。"

咨询公司提供的企业战略方案，一般具有较高的规范模式，是运用在比较完善的市场环境中的，而中国企业却处于非完全市场化的环境之中。"结合我国实际情况来看，由于市场经济发育尚不成熟，当企业规模快速扩张时，企业经营者管理理念过于理想化，对企业承受能力的估计和对现实的判断缺乏理性，容易对国外先进的管理思想不加选择地全盘接受。"（姜虹，2003）

在实达案例中，当时麦肯锡为实达制定了两套方案，一套是一步到位的，直接在集团内部进行全局性大调整，这要求企业有较强的承受能力；一套是渐进式的过渡方案，先在子公司内部试行，成功后再向集团推广。而当时的实达却选择了冒进，采取了第一套方案，结果自然是不言而喻的。

同样，2002 年，乐百氏接受了麦肯锡建议走合资之路，乐百氏与法国达能签订合资协议，达能控股乐百氏 92% 股权。乐百氏总裁何伯权当时对员工说，乐百氏虽由达能控股，但双方有协议，达能不派员参与管理，乐百氏仍拥有商标权、管理权、产品及市场开拓权。但是，这个所谓的"协议"很快就被打破。2001 年，先是与何伯权共同创业的其他四位"元老"离开原来的要害工作岗位，紧接着，11 月 30 日，达能宣布接管乐百氏，一手开创乐百氏的何伯权黯然离职。我们不能不考虑，在走上市场化运作的过程中，对于咨询建议不够谨慎的接纳，是乐百氏付出惨重代价的原因之一。

3. 执行力

"一种新的观念要引入企业，肯定有诸多不适应，因此产生抵制性抗体，如果不能消除这种抗体，它就会蔓延开来，构成强大的抵制力量，最终使新的东西消弭于无形之中。"（陈支农，2003）同时，"先进的管理思想与旧制度的惯性之间，缺乏一种良好的、可行的过渡，因此，新制度系统的执行会显得仓促和混乱……随着过程的进行，某些制度逐渐上升为主导地位，最终和企业稳定的结合在一起而成为具有耐久性的制度……执行者应对制度变迁的结果有充分的思想准备，需要增加强势推动的力量，并为新制度的推行预留充分的时间。（姜虹，2003）

依然以实达为例：按照实达集团当时的计划，新的组织结构方案从培训到实施仅留了三个月的时间，特别是当1999年前几个月销售业绩出现较大滑坡后，实达高层继续推行麦肯锡方案的决心受到重创。如果实达集团能够及时调整方案并坚持执行下去，这一方案成功的可能性是有的。实达集团公司总经理贾红兵后来谈及对当年与麦肯锡的合作，也承认当时执行咨询公司为企业制订的方案时有些急于求成："后来执行起来我们就发现有些问题，发现确实不是像我们想象的那样，那么容易推动。我们在整个管理重组、整个大调整的过程当中，确实是步伐快了一点。"

在分析实达失败的原因时，麦肯锡高层认为，在实施麦肯锡方案过程中，实达得到的后续帮助很不够。2003年时任麦肯锡中国公司董事的吴亦兵在央视《对话》节目中承认："麦肯锡犯了两个错误：第一个我们在推荐过渡方案和最终方案的时候，也许我们要更加坚定地坚持过渡方案，要非常明确地告诉了是过渡方案，那么最后的时候，来解释这是为什么，这是对话的问题……二是在推行的时候，很快退回的时候也许我们又应该更坚决地帮他顶住。"

我们可以看到，一个新方法的引进成败与否，不仅仅在于方法本身的科学性，还在于执行的水平。不管是项目执行的企业还是咨询管理人员，都应该保持理性且负责的态度，双方的配合水平对项目成功与否也起着非常大的作用。

综上所述，外国咨询公司在中国的失败案例暴露出西方管理思想与方法在中国传播过程中遇到的阻力。其中，西方管理思想与方法重视目标结果，但是对于如何实现目标的过程则重视得相对较少，这在跨文化的管理学习中就成为一个很关键的问题。学习西方管理思想与方法的中国企业，在接受咨询服务的过程中，理解咨询结果，但是如何实现这个结果的过程就很难得到有针对性的帮助。咨询公司提供管理咨询方案的过程中，过于重视管理工具而忽视管理哲学的导引作用也是失败背后的共因，针对咨询对象的管理文化特征而进行有的放矢的解决方案的规划、设计，是国外咨询公司普遍不够完善的地方。

西方管理工具在中国企业应用中的问题

在对外开放的过程中，国外的先进管理工具也对中国企业产生了巨大的影响，但是我们发现，先进工具在中国企业中的推广也并不都是一帆风顺、立竿见影的。许多已经取得辉煌成就的公司，在推行新的工具与方法的时候，都经历了变革的阵痛。在这里，我们选取在实证研究中涉及到的几种管理工具进行讨论。

1. ERP

联想公司于 1998 年 11 月正式开始引进"ERP"系统。作为国内率先引进国外先进管理系统的企业之一，联想也是经过深思熟虑，多方考察权衡，才决定冒着巨大的风险引进这套系统。"总裁室为此专门开过一次誓师大会，期望全体员工能够同仇敌忾，弃旧迎新……柳传志还号召全体员工参与其中，'全力以赴，克服困难，树立必胜的信心。'（凌志军，2008）"然而，ERP 的推广还是遭遇了出师不利。新的系统遭到了来自公司各个层面的员工的挑战，"公司里弥漫着怀疑的气氛，人们议论纷纷"。联想负责执行推广计划的企划办副主任龚国兴耗费了可观的时间和精力，力图说服经理们对新系统抱有信心，却始终无法突破大家的"心理防线和消极抵抗"，以致最终龚国兴一边哭一边说："我不干了，我不干了。"

无独有偶，曾经名列中国信息行业分销三甲的和光集团，于1997年耗资1000万购买安达信（现为埃森哲）公司的管理咨询服务，之后在安达信帮助下，花费了2000万元实施ERP系统。在系统刚刚开始推行的时候，不管是代理商还是内部员工，都对系统产生了很大的怀疑，大家都认为新系统"特别绊脚，界面一点也不亲切，对整个工作是一种阻碍"；"很笨，原来很熟悉的业务流程，也要敲那么多数据，做那么多处理才能过去"等等（刘湘明、郭晋华，2001）。尤其是和光广州分公司对ERP的抵制，几乎让整个项目夭折。由于之前其他分公司上线ERP的不顺经历，广州分公司经理竭力反对ERP在广州试点。直到最后总裁亲自出马，要求广州公司不惜以销售业绩为代价，才强行将系统推行下去。然而，和光不惜代价上线ERP系统的效果同样不尽如人意。"和光在分销领域的优势与劣势都留下了咨询和ERP项目的影子。和光最大的优点，同时也是缺点，就是其销售过程、内部流程比较繁琐——因为其运作缜密，风险控制能力不错，呆死账较少；而与此同时，过多的环节也会造成运作效率的低下，而效率对分销商同样至关重要。"而最终，先进的系统也没有阻止和光从曾经的一时辉煌中陨落。

"在国内企业所有的ERP系统实施项目中，一般只有10%～20%能按期、按照预算成功实施，实现系统集成；有30%～40%没能实现系统集成或只是实现部分集成；约50%的实施项目遭到失败。"导致ERP低成功率的因素主要有：①对ERP系统缺乏深刻的理解，对实施面临的风险缺乏认识，投资盲目性大；②对企业自身的需求缺乏全面深入的研究；③对实施过程中可能遇到的困难缺乏足够思想和心理准备；④缺乏实施过程的有效控制，实施周期过长；⑤国内ERP软件存在的问题；⑥企业的基础设施建设不完全；⑦资金短缺，投资压力大；⑧缺乏ERP所需求的复合型人才等（徐国敬、王灿伟、王磊，2008）。

2. KPI

KPI在中国的推行同样也不是一帆风顺的。

在麦肯锡为康佳设计的方案中，"组织架构和考核激励机制"是一个重点。在激励考核机制上，麦肯锡建议：完善激励机制、试行员工持股。麦肯锡指出，康佳集团上上下下都是被考核的对象，每个人都有固定的考核指标，并把考核指标量化，自上而下进行统一的考核制度，并从老总开始执行。这套方案当时被康佳集团总裁陈伟荣称为麦肯锡方案的"精髓"。

但在执行过程中，问题开始出来。首先表现在激励考核机制部分。由于麦肯锡对康佳的企业情况缺乏足够的了解和深入论证，表面上看起来很具国际标准的考核制度与康佳多年来形成的企业文化和考核标尺产生冲突，一些足以推动企业"核心生意"的部门和人员因为考评标准过于僵化而导致业绩积极性反而较以前减退。康佳有员工私下对之评论，"考核指标太过僵死，根本不适应总部需要"。⊖

另外一家企业的 HR 总监在分析本公司引入 KPI 却效果不佳的原因时认为"这是管理工具没有本土化的问题。因为 KPI 是从国外引进的概念，而且是在西方大公司管理实践中总结出来的工具。这里面存在两个问题。一是西方经过了 200 年的工业革命，工业文明深入人心，员工的敬业精神非常的高，而中国的大多数企业历史不会超过几十年，从整体上讲我们的员工素质与西方的员工素质存在一定的差距，既然存在一定的差距，那么，他们用 KPI 效果就可能好，而在中国运用 KPI 就可能没有那么好的效果或者没有效果。二是既然 KPI 是从大公司的管理实践中总结出来的理论，它就具有大公司的特点。大公司有一个明显的特点，就是专业化分工比较细致。比如，HR 部门里面可能会分为招聘部门、培训部门，而招聘部门下面还会有更加细致的分工，有的管面试，有的管面试问题的设计。但在中国的大多数企业中，分工不可能到达到这样细致的程度，很多工作的界限都是模糊的。要想高度细致地分工必然会带来运作成本的提高，是不现实的，那么，

⊖ 高海洋，麦肯锡何以兵败康佳，知识经济 . 2004（1）.

是否就可能导致 KPI 失效呢?"⊖

3. 六西格玛

六西格玛概念作为质量管理概念最早于 1986 年诞生于摩托罗拉公司,而把六西格玛这一有效的质量管理战略变成管理哲学和实践方法的是通用电气公司。随着摩托罗拉、通用电气公司进入中国,尤其是关于杰克·韦尔奇管理经验介绍的书籍的流行,六西格玛逐渐为中国企业家所知晓、了解和接受。

然而,六西格玛的实施也是需要一定条件的,魏中龙在《中国企业的六西格玛管理之道》中指出中国企业开展六西格玛管理存在的问题:

(1)中国企业总体管理水平不高,而实施六西格玛管理需要一定的基础。中国企业在这些基础方面的不足表现为:现代企业制度仍未完全建立,法人治理结构亟待完善;企业组织结构的创新滞后,模式单一;企业对员工自身发展重视不够,员工素质不容乐观;大多数企业仍处于从经验管理向科学管理过渡的阶段;企业经营者的激励机制还没完全形成;企业管理信息化水平整体不高;主导产品技术含量较低,产品质量低,品牌的知名度不高。

(2)对六西格玛管理法的认知程度不够。

(3)先期培训不充分,对六西格玛管理方法掌握不力。包括企业对培训的投入偏低;培训活动的管理水平低下;企业培训的配套制度与设施不完善。

(4)中国传统文化与六西格玛管理文化存在冲突。

(5)财力有限。

正如《一知半解型:懵懵懂懂踏上质量管理路》一文所说:作为有美国特色的企业变革工具,六西格玛在中国企业的实施过程中也必须经过与中国文化和现有国情的融合才能放射出它的强大效用。

⊖ 水土不服型:淮南的橘与淮北的枳.科技智囊.2004(12)。

综合以上的观点，我们发现各方的评论大多认为西方管理工具"不灵"的原因并不在于工具本身，而在于中国企业没有很好地结合自身的情况进行灵活的使用。管理的优化绝对不是简单模仿，要成功地引入并且应用好西方的管理思想与工具，中国企业必须在制度、结构、文化等多方面做出更大的努力，才能够使用好西方的管理思想或工具。

西方管理思想与方法在中国企业应用的实践证据

即使存在着不同文化环境、不同观念等阻力，西方企业管理的思维方式与工具对中国企业也确实产生着影响，并得到了中国企业管理实践的应用。从以下三个方面就可以得到相当的确证。

1. 中国企业联合会的企业管理创新成果奖

通过对截至 2009 年，国家级企业管理创新成果奖的 1258 项获奖成果的查阅，发现只有不到 5% 的成果中没有引述西方管理理论和方法。例如，43 个成果名称中有"信息化/CIMS/MRP－II/管理信息系统/ERP"，15 个成果名称中有"流程优化或者再造"，12 个成果与"项目管理"密切相关。而与实证研究中所提到的 17 个管理思维方式与工具直接相关的成果就有 70 项。

2. 应用型论文中的例证

本研究以探索性问卷中提到较多的西方管理工具为关键词搜索了 1999～2007 年的中国期刊网——中国优秀硕士学位论文全文数据库、中国博士学位论文全文数据库。选取其中针对国有企业、民营企业、国内合资企业的研究，以及针对国内某个行业的研究；剔除其中普适性研究以及对外资企业的案例研究，得出如表 6-1 的查询结果：

表 6-1 中国期刊网 1997～2007 年论文库中与西方管理
工具主题相关的论文数量

关键词	论文数量	举例
TQC QC/TQM	149	WD 智能卡公司质量管理体系诊断与设计
PDCA	130	利安公司人力资源绩效管理的实证分析
BSC	425	基于集团战略的中石油价值链主环节评估研究
六西格玛	68	中兴通讯公司六西格玛战略实施研究，广西 CS 公司六西格玛管理战略的制定与实施
ERP	713	ERP 在高桥石油化工公司应用的改进研究，中金公司 ERP 系统的实施研究，我国邮政企业 ERP 系统建设的若干问题研究
JIT	126	北人股份生产管理研究，大重集团减速机厂库存管理模式研究与软件实现
CRM	532	青岛啤酒西安有限责任公司客户关系管理（CRM）系统研究，紫竹药业 CRM 系统实施策略分析

3. 来自《中国式企业管理基础科学》样本企业案例研究的例证

通过对 14 个《中国式企业管理基础科学》样本企业案例研究总报告的查阅，使用实证研究中提到的西方管理思想和工具的就有表 6-2 中所示的 31 处。

表 6-2 来自样本企业案例研究总报告的证据

六西格玛	
①一航集合管理信息化手段，大力推进六西格玛等先进管理方法	P16
②三一集团重视六西格玛管理，同时增加顾客满意度与企业经济增长	P112
③深圳航空建立六西格玛项目小组	P47
KPI	
①深圳航空使用关键绩效指标进行绩效测量	P105
CRM	
①国美进入精细化发展阶段后，形成了包括 CRM 在内的完整信息管理系统	P87
②海尔的业务流程包括 CRM 等模块	P23
③CRM 是振华港机经常采用的管理方法之一	P27
④万科 2004 年开始实施客户关系管理，2005 年推出地产 CRM 系统	P45
ERP	
①国美在规模化扩张期，投入大量资金建立 ERP 系统	P84
②蒙牛的 ERP 系统包括整个产业链和奶源	P143
③云南白药实施基于 ERP 的流程管理	P47

（续）

ERP	
④一航实施 ERP 以开发统一的信息平台	P53
⑤新希望从 2002 年开始推行 ERP 信息系统	P34 P156
⑥海尔计算机信息网络支持 ERP 系统的运行	P56
⑦ERP 是振华港机经常采用的管理方法之一	P27
⑧三一集团 2003 年上马 ERP 模块对公司进行信息化管理	P40
⑨2005 年万向集团万向钱潮 ERP 项目上线运行	P73
BSC ①同方威视推行基于平衡计分卡的薪酬体系	P33
②一航利用平衡计分卡将顾客满意度、内部程序与组织学习和提高能力三套绩效测评指标补充到财务测评指标中	P57
③平衡计分卡是振华港机经常采用的管理方法之一	P27
④万科 2001 年引进平衡计分卡来实施薪酬体系评估和调整	P44
⑤深圳航空利用平衡计分卡建立关键绩效测量体系	P35
PDCA ①一航对集团文化建设进行 PDCA 管理	P47
②青岛（港）集团对经营层对照 PDCA 强化长效机制	P64
③深圳航空采取 PDCA 进行安全管理工作	P166
④五粮液采取 PDCA 过程管理进行研发项目的实施	P227
MBO ①目标管理是振华港机经常采用的管理方法之一	P27
TQC/TQM ①海尔的支持流程 TQM 模块	P23
②全面质量管理是振华港机经常采用的管理方法之一	P27
JIT ①海尔集团内部的库存管理实施 JIT 管理	P51
②准时制管理是振华港机经常采用的管理方法之一	P27

注：后面所标为各自打印版总报告的页码。

　　上述来源不同的三方面例证，可以充分反映出在管理实践中，西方管理思想与方法在中国企业的应用状况。可以看出，即使存在许多障碍，但是在不同行业、不同规模、不同发展阶段的中国企业中，都有研究中我们提到的西方管理各种管理方法和工具应用的成功案例。而中国企业在学习应用这些西方管理方法和工具的过程中，也不断地进行创新与再造，逐步形成了具有自身特点的管理模式。在"中国式企业管理基础科学"项目研究的样本企业中，没有一家是完全克隆或者拷贝某一个国外企业的管理模式，西方管理的方法和工具在这里都是为我所用，在管理体系的局部得到应用，而样本企业的整体管理模式则有着鲜明的中国特色。[⊖]

中日企业向西方学习的路径比较

在前面的实证研究中，我们总结归纳了六条西方管理思想与方法在中国的传播渠道和相关媒介，但中国企业对西方管理思想与方法的学习并不是被动的，无论是学习路径和出发点，还是企业管理者在这种学习中的作用，都具有自己的特点。

中国的改革开放是在国民经济基础非常薄弱，且刚刚经历了十年动乱的情况下开始的，并且在"文革"之前，我们也有过"大跃进"以及反右扩大化的严重错误。改革开放初期的历史背景条件是"国民经济已经到了崩溃的边缘"；思想混乱、经济的长期停滞、人民群众的贫困，工业化与城市化水平非常低下，与市场经济相配套的法律和法规还远远没有形成，在总体上属于落后国家。虽然中国在1978年的十一届三中全会上确立了要以经济建设为中心，对内改革、对外开放的政策，但"政治是否正确"和"姓社姓资"的争论对我们学习国外的先进管理经验多少有一定的阻碍作用，这种阻碍在1992年邓小平同志的南方谈话和1994年中共在十四大上确立建设市场经济体制之后才逐渐消失。经济建设优先、效率优先的思想开始深入人心，企业改革也在提高效率与效益的这一大旗之下，对于国外发达国家的做法开始了全盘的"拿来主义"。同时，这个时期中国的物质生产也还是比较贫乏的，普通的城市居民依然还在为温饱而不得不勤奋和节俭，社会上普遍存在着一种被称为"崇洋媚外"的思想，作为一个追赶型的国

⊖ 对于这些样本企业的管理模式中的中国特色，请参考本研究系列关于样本企业的研究报告。

家，中国如同一块巨大的海绵开始吸收国外发达国家的一切东西。可以说从 1992 年以后，中国企业的管理模式开始在全面接受西方等发达国家尤其是美国的管理思想的基础之上，逐渐显露出自己的一些特色。

中国的条件与日本不同，日本在明治维新时期就开始了"脱亚入欧"的全盘拿来主义，并在第二次世界大战之前实现了工业化和城市化，战争中只是这些工业化和城市化的设施被炸毁，但其经验与技术还在，主要的问题是恢复和重建。日本在 1955 年之后开始追赶西方强国。在追赶美国的过程中，日本企业逐渐形成了如终身雇用、年功序列、企业内工会等自身的管理特色，同时在企业战略管理上注重长期利益，在企业之间形成了大企业为主的系列，在金融市场上形成了主银行制度等不同于美国的一些自身特点。

在向欧美国家学习的过程中，日本企业非常注重实际考察，而且考察时间也非常长。例如 1950 年 7 月作为丰田汽车总经理的丰田英二就到美国福特公司作了长达三个月的考察，这三个月中，一个半月考察福特公司，一个半月考察美国各地的机械厂。他回国之后向公司汇报道："这次赴美考察的最大收获就是看到福特公司规模大、技术先进等优势的同时，也发现了其在作业方法、工序、管理等方面一些与丰田公司差不多的地方，甚至比丰田公司还差的弱点，从而消除了以前对美国汽车工业的盲目崇拜，增强了自己的勇气和自信心。"在这次考察之后，丰田进行了"生产设备五年计划"决定在不增加人员的基础上，通过增强设备的合理经营，使汽车产量翻一番。在 1957 年，为了把丰田的新工厂建设好，丰田家族中的丰田章一郎亲赴欧美进行了长达 6 个月的考察，回国之后他参照菲亚特和大众汽车等工厂的装配设置情况，结合汽车品种多、小批量等生产特点，提出了详细的建设新工厂的计划，并在 1959 年完成建设。

从以上对比可以看出，中国企业在对西方管理思想与方法的学习过程中经历了先全面学习后有选择应用的学习路径，而日本企业则从开始就将自身环境与欧美企业的不同纳入学习的视野和决策中，这种学习路径的差异主要来自学习初始时两国企业所处的不同发展阶段，也同样来源于当时的社会文化价值导向的不同。在中国企业开始向外部世界学习的时候，首先进入中国企业视野的恰恰是正在国际经济舞台上如日中天的日本企业，在向日本企业的学习过程中，质量管理的概念和体系深刻地影响到了中国企业对运营管理的理解和实践，TQC项目和QC小组在全国范围内的各类型企业中涌现。但随着工商管理教育体系的建立和完善，以及日本企业在全球经济影响力的下降，以美国企业管理体系为代表的西方管理思想与工具成为学习的样本，但是即使如此，进入21世纪，源于日本企业的5S也再次出现在一些中国企业的管理变革项目中，以作为对工作现场管理的再次完善。

‖ 中国企业高层管理者与西方管理思想 ‖

杰克·韦尔奇说过："军事化管理改变了商业思维。"现代管理大师彼得·德鲁克也曾说过："100多年前，当大型企业首次出现时，它们能够模仿的唯一组织结构就是军队。"美国西点军校自第二次世界大战以来培养了上千名董事长、5000多名总裁。中国的不少知名企业家也同样有过从军的经历，如张瑞敏、王石、任正非、宁高宁。

在20世纪80年代，西方的管理思潮还未进入中国之时，那时的中国企业家无一例外地是军事化的管理风格或运用军事化的作战策略进行企业的建设。他们也就是著名财经作家吴晓波所说的"学毛标兵"，"毛"也就是毛泽东思想，这些企业家，包括中国企业史上的第一个"首富"——牟其中、华为的任正非、联想的柳传志、娃哈哈的宗庆后、在中国保健品市场创造过三株奇迹的吴炳新、在盛大公司内部开展文化整顿的陈天桥、建立了一个"人民公社"式公司的孙大午，还有几经沉浮的史玉柱。他们这些人或者失败或者成功，但不可否认的是，军事化的管理思想对他们处在初创时期的企业都有过很大的帮助。军事化管理在特定的条件下，的确可以极大提高一个组织的

"战斗力"。

随着中国的改革开放，西方管理思想与方法对于这些受中国传统文化侵染和军队管理影响的企业家来说，也产生了深刻的影响，进而推动了中国企业更多的管理变革。

在中国式企业管理样本企业的研究中，也可以看到样本企业的高层管理者的学习轨迹和学习哲学。

万向集团的"鲁冠球是土生土长的中国企业家代表，他虽没有受过正规教育，但依靠近半个世纪的波折之路，修炼出其商业哲学体系"。"1985 年，鲁冠球第一次到海外向同行业企业学习经验。那一次游历对他的触动很大，回来以后，他加紧了在管理上的变革。""鲁冠球以他自己永不止息的学习能力克服了小学毕业的知识局限，今天能够非常昂扬地跟一些国际巨头合作，'到洋人的地方，作洋人的老板，用洋人的资源，赚洋人的钞票。'""鲁冠球的儿子鲁伟鼎接受中学教育后，鲁冠球特地把他送到新加坡学了半年企业管理。回来后就开始每天带着他一起上下班，手把手教他如何处理企业的各种事务……1994 年出任集团总裁，五年后又到美国读书……"上述内容出自万向集团的案例研究报告。万向集团两代管理者"走出去"的学习方式历然在目。

而三一重工的梁稳根"是 78 级高考考生中的一员，受过良好的大学教育……大学毕业后，他被分配到国有企业工作……在这一段工作经历中，梁稳根不仅对机械材料相关的工程技术有所了解，而且自学了许多经济管理相关的知识……为他日后创业打下了良好的基础"。"三一重工的高层领导力在国际化过程中遇到了前所未有的挑战。"梁稳根很感慨地说，"我们要学习外企在资金、技术和人才以及企业运作和管理模式方面的长处，这是十分必要的，但也要看到海外企业的弱点，我们只有利用自己的优势来扩充自己，才能取得胜利。"在企业成长中意识到管理瓶颈时，企业管理者首先考虑到通过学习别人的经验而获得解决方案，同时企业管理者已经意识到对国外企业弱点的关注。

万科的王石也对组织成长中的学习格外看重,他曾经说过,"在20世纪80年代,企业生长环境不规范,创业者拥有的资源非常有限,这就需要所谓的强权领军人物杀开一条生路!等到企业不仅解决了生存问题,还有了长足的发展,企业带头人的权威自然也就树立起来了。'权威'也是企业的一种资源,但由于是在不规范环境下培养出来的权威,往往会伴随着夸大权威作用的个人崇拜、听不进专家意见的一言堂、决策容易冲动、好大喜功想当然、脾气暴躁火气大等恶习,其负面影响显而易见。企业发展过了求生存的阶段,要想健康发展,创业者就要摆脱上述原始阶段的恶习,强调专业化,培养民主管理的方法,逐渐弱化创业者的权威作用。"

"……我深深感到,仅凭十几年积累的经验已经不足以应对市场的变化。新的市场形势既给企业提供了新的发展空间,也伴随着危机!一招不慎,满盘皆输。要使自己、使万科能够跟上形势的发展变化,就必须腾出更多时间和精力去学习……"

作为中国企业家代表的海尔集团的张瑞敏,其业余时间大多是用于看管理学方面的书籍,他甚至都能整段整段地背诵管理大师德鲁克的书。然而,张瑞敏并不照搬书本上的东西,他常说的一句话是:借来的火点不亮自己。他总是在深思熟虑之后,把外国的先进管理经验中国化。

早在1998年的时候,他用《第五项修炼》一书推动了海尔的学习型团队建设,在1999年的《海尔人》上,还曾经开辟了一个栏目,叫作"事业部长与德鲁克对话",可见海尔的学习之兴盛和领先,张瑞敏将自己的管理模式总结为"日本管理(团队意识和吃苦精神) +美国管理(个性舒展和创新竞争) + 中国传统文化中的管理精髓"。多年以来,他兼容并蓄后所形成的斜坡球体定律、海尔文化激活休克鱼、市场链、SBU(战略事业单元)、人单合一等一系列创新管理思想,不但在国内广受瞩目,也得到国际上的广泛认可。

在被问到"你的管理思想是从哪里来的时候"，张瑞敏回答说："一方面是看书学习。80年代初国内能找到的只有松下幸之助的那些大厚书。所以一开始在企业质量管理的办法上，我借鉴的都是松下的东西。再往后，我看了德鲁克等人的书，还有一些案例，在眼界上有所开阔。"

而对于另一位知名度非常高的企业家——华为的任正非来说，出国考察是他危机感的重要来源。

从1992年开始，任正非开始频繁出国访问，他前后多次到过美国、日本、俄罗斯、德国、法国等国家。他去过美国的波士顿、纽约、费城、达拉斯、拉斯韦加斯、圣克拉拉（位于硅谷）、洛杉矶等城市，还参观了国际计算机展，考察了TI（德州仪器）、NS（国家半导体）等知名企业。伴随着华为走向海外市场，任正非接触到的外国企业也越来越多，而华为与这些企业之间的巨大差距也让任正非感到了强大的压力和危机。

任正非于1997年12月圣诞节前访问了IBM，同时还访问了美国休斯公司、贝尔实验室和惠普公司，回国后就写了《我们向美国人民学习什么》。"我们在IBM整整听了一天管理介绍，对它的管理模型十分欣赏，从早上一直听到傍晚，一点不觉累，听得津津有味。后来我发现朗讯也是这么管理的，都源自美国哈佛大学等著名大学的一些管理著述……听了一天的管理介绍，我们对IBM这样的大公司，管理制度的规范、灵活、响应速度不慢有了新的认识。对我们的成长少走弯路，有了新的启发。""沃尔玛的老板就是在买东西时给人付更多的钱，因为他同时向别人学习管理，所以沃尔玛现在发展成为世界上第二强企业。我们也是在向IBM买管理，买经验。"

任正非认为，"华为在发展中还存在很多要解决的问题，我们与西方公司最大的差距在于管理。""在管理改进和学习西方先进管理方面，我们的方针是'削足适履'，对系统先僵化、后优化、再固化。我们切忌产生中国版本、华为版本的幻想。"

联想的柳传志最佩服的 CEO 是杰克·韦尔奇。柳传志曾带着问题去美国参加 GE 管理中心的高级经理人研修班，去向他心中的管理大师杰克·韦尔奇请教，但不曾想扑了空。

"当我们开始做外国公司的经销商时，我们就发现我们必须学习它们的管理方法。在了解中国计算机市场的基础上，我们学习了外国公司。我们最早及最好的老师是惠普公司。作为惠普的经销商，我们比较全面地学到了怎样组织销售渠道和怎样销售。我们同样也研究了英特尔和微软，还经常阅读外国管理杂志。但最重要的一点是我希望根据中国的实际情况，而不是盲目地、不顾实际地跟随西方管理理论来做事情。

我做的很多事情，都是从西方企业的实践中学来的。——通过对西方企业的学习，我们学会了一套制定战略的方法，而且知道怎样把它们分解为一个个的具体步骤推进下去。

对联想集团当前的状况而言，还是要花更多的精力去认真研究西方的经验。西方国家的商业历史比我们早，速度快，它们各方面都积累了更多的经验，我们可以学习他们好的经验，吸取教训。但是在这个过程中，我们不能一味照搬。各国有各自不同的国情，有不同历史发展时期，我们应该根据自己的情况来进行运用，这是提高我们企业管理水平，同时也是我们和世界接轨的一个重要的途径。"

柳传志认为，联想今天所取得的成就可以说很大程度上就归功于其不断地学习西方先进的管理经验并与自身的探索相结合。柳传志认为企业管理中西合璧是方向。柳传志创造性地把西方先进的管理经验与中国的实际相结合，总结并提出了著名的"企业管理屋顶图理论"等一系列重要的管理思想，形成了系统的以"建班子、定战略、带队伍"为理论核心的联想管理体系。

从这些领导者对西方管理思想与方法和本企业发展模式管理模式的思考中，我们可以发现中国企业高层管理者对西方管理思想与方法的看法直接影响到其所领导企业的管理模式的形成，中国企业高层管理者对西方管理思想与方法的了解的媒介主要包括自己对西方管理书籍的主动阅读和学习，出国考察，通过和与自己有所接触的跨国公司的管理模式的观察和学习等。同时，我们也发现中国企业高层管理者对于西方管理思想与方法保持了非常理性的态度，都在进行着更深层的思考。虽然在直接应用西方管理工具方面不同高层管理者的实际做法不同，但都是基于本企业的发展阶段和管理现实，结合企业发展战略和文化特征做出的。不约而同的是，随着学习的深入，这些企业高层管理者都将形成有自身特色的管理模式作为重要的目标，进入我们前面提到的融合创新阶段。

另外，这些企业高层管理者的管理实践也再次证实了管理者价值观对企业管理实践的影响路径，而且如探索性研究中得到的启示，在中国企业，企业最高管理者的这种影响作用又是格外凸显的。因此对于中国企业高层管理者的思维方式和领导实践的研究也有利于理解西方管理思想与方法对中国企业产生的影响。

西方管理思想与方法给中国企业带来的九大变化

近三十年来，我们对西方管理工具与概念框架的学习和引进，对中国的企业管理思想与实践有着非常深刻而深远的影响，这些影响可以是多方面的，如果把这些影响进行高度概括的话，那就是科学管理兴起，经验管理衰落。改革开放 30 年来，中国企业管理在向西方进行学习的过程中，是逐渐抛弃过去经验管理思想，逐步接受科学管理思想的过程，同时在经济体制上也是打破过去的计划经济体制，逐步建立现代市场经济体制的过程。在这个双重过程中，中国的企业管理方面都发生了巨大变化，对这些变化从管理观念、管理思维、管理体系等不同角度进行分析，具体可以发现在下面几个方面发生了根本性改变。

1. 企业观

企业观是企业对自身存在的基本哲学思考。对于"我是谁"这样的基本命题，中国企业界发生了深刻的变化，由过去的认为企业是个生产单位或者产品单位（满足人民日益增长的物质或文化需要）到现在认为企业是个经济性单位，全盘接受了西方自由主义市场经济中关于企业性质的假定。对企业的考核由过去的实物量为中心，例如考核企业的产品质量和规格质量以及节约能耗与安全生产情况等，过渡到以投资报酬率为核心的市场评价体系，关注资本收益率、市场占有率、顾客满意度以及顾客忠诚度等指标。企业目标体系也在这一发展过程中，由单一的计划经济下的政府满意目标转向改革初期的单一的企业经济指标，直到目前大多数企业采用的包含企业经济指标在内的多目标组合。

2. 企业治理或者公司治理观

对于企业应该由什么人负责管理的问题，中国企业由过去的行政直接治理过渡到目前的市场间接治理，公司治理理论基本上接受以美国为代表的公司治理模式。目前上市公司的治理模式的建立过程也完全是照搬美国模式的结果。这个过程中不论是两权分离、委托－代理理论，还是在这些理论基础上产生的组织结构以及对高管的激励与约束方式，都基本上采用完全的拿来主义。当然对于上市公司的高管收入方面，政府对于国有控股占优的企业还在施加一定的影响力，通过约束上市公司高管收入与普通员工收入之间的差异水平，来进行直接的控制，通过暂缓或者延后执行国有上市公司高管的股权激励方案，来避免高管财富的暴增。

3. 抛弃"人治"实行法制的管理思维方式

对于依靠什么对组织中的人和事进行管理的问题，中国企业逐步实行了靠制度而不是靠各级管理者的德行和威信进行管理的思维方式。不论针对不同管理对象的管理，如人、财、物、时间、信息等，还是按照职能进行划分的战略、市场、财务、生产等，中国企业都愈发强调制度和规范，对于制度权威性的尊重也开始形成。其中最为典型的就是以华为公司的《华为基本法》为代表的各类企业的管理纲领性文件和管理制度大全。在引进各种生产工艺或者参与国际质量标准认证的过程中，中国企业内部的管理制度也变得越来越科学和规范。当然人治的管理思维方式依然存在，并在日常管理决策的许多方面依然发挥着作用。但是，相对于过去，中国企业管理思维中法治的色彩已经愈来愈浓重了。

4. 整合式的系统思维不断让位于分析式的还原论思维

所谓还原论思维就是将复杂的系统化解为各部分之组合，再通过求和了解整体特性的思维方式。这种思维方式的不断上升，在计划、组织阶段表现尤为突出。组织过程中分工明确、责任清晰成为金科玉律，而集体负责，人人有责，企业中人人都是主人翁的思想不断弱化。在引进企业流程再造（BPR）以及供应链管理和企业资源规划（ERP）的过程中，这种还原论思维被不断加强。东方式的整合思维应用在企业管理中虽然存在着一些细节模糊、不够具体的缺陷，但系统思维对于解决组织的战略问题和复杂的管理问题还是有其有利的一面，"只见树木不见森林"的分析观在目前管理环境日益复杂的今天，总会出现"头痛医头，脚痛医脚"的现象，使企业管理者疲于对付，而无法解决根本问题。在我们的研究中发现，中国企业管理者在内部管理上更多应用分析式的还原思维，而在对待外部问题上则仍然注重整合式的系统思维，这就是对管理思维方式综合运用的结果。

5. 激励方式——物质激励主导，代替了精神激励主导

在激励方式的选择方面，无论是针对普通员工还是管理层，中国企业由过去的精神激励为主、物质激励为辅的方式选择，过渡到如今的物质激励为主、精神激励为辅的思维方式。虽然华为公司的任正非强调三分精神、一分物质的三比一理论，但是华为公司在实践中也强

调了物质的作用，其结果就是华为公司是目前中国企业里产生富裕人员最多的公司之一。强调人的物质性与经济性以及自私属性是建立市场机制的一个基础，并且是在冠名为"理性经济人"的理论上所推广的。因此在人力资源管理实践中不断强调物质激励和市场价格的作用，使得人的社会化属性被弱化。物质崇拜和拜金思潮是对中国企业管理方面的一种负面影响，这种影响如果在度上不能很好控制，物质激励的积极作用就会弱化，而消极作用会不断显现出来。

6. 领导力——崇拜企业家精神和高层管理者的领导作用

在今天的中国企业管理界，保守与守成几乎成为完全的贬义，迅猛发展的中国经济和改革主题为身处其中的中国企业管理者提供了历史性机遇，那些具有战略思维和前瞻思考的企业创始人或者高层管理者成为打造成功企业的关键要素。在本研究的探索性研究阶段，对于企业成功因素的列举中，政府作用是第一位，而第二位就是企业家的作用。企业管理中普通员工的奉献作用逐渐弱化。一般员工沦落为"打工的"，而"打工者"的思维方式，也是目前职场中从业人员普遍的心理定位。作为企业文化的重要载体，企业英雄人物的代表，无论在企业内外部的宣传中，都发生了巨大变化。由过去宣传普通员工（例如大庆铁人王进喜和王府井百货的"一抓准"张秉贵）的事迹，过渡到更加渲染企业家决策的个人魅力，而且企业家的领导力特点也成为企业管理界讨论和学习的热点。这种转变，一方面真实地反映了中国企业在变革时期的真实现象，但也改变了职场中企业、管理层和员工关系的原有心理契约。

7. 在人岗匹配与晋升中能力主义几乎完全替代了论资排辈的顺序主义——人力资源市场的建立与运用

中国企业在改革开放 30 多年来，逐步打破了干部终身制、打破"铁饭碗"、打破晋升中的论资排辈惯例，这些变革的结果，就是在中国逐步实现了人力资源市场。在内部对人员的使用和管理上，能力主义和业绩主义开始占据人们的头脑，海尔公司"赛马不相马"的理论得到人们的普遍认可。西方的个人能力主义在一定程度上得到大家的认可与接受。能力导向的盛行，使传统的集体主义特点逐步弱化，加之整个社会宏观政策的变化（独生子女政策、社会价值观的整体变迁），企业成员更关心自身的能力认可和利益所得，基于群体或组织层面的思考就相对较少，而且竞争意识在能力导向中得到充分的发掘和放大，企业成员之间的关系也更加复杂，竞争与合作并存的现象对企业管理也提出了挑战。当然，传统价值观中的集体主义导向依然存在，也还将在相当长时期内继续发挥影响和约束企业成员行为的作用。

8. 管理手段——从重视定性到重视定量

如前所述，科学管理代替经验管理可以作为整个中国企业管理受到西方管理思想与方法影响后最大的变化，而对管理对象进行程序化、标准化的考虑是科学管理的一个基础，量化则是程序化和标准化的一个基本手段。因此，量化管理渗透并改造了企业管理的各个职能领域、各个层面、各个环节，相当时候，量化管理成为现代企业科学管理的代名词，作为中国企业改革开放三十余年所取得的巨大进步的重要标志。从企业管理模式的量化来说，代表企业首推上海宝钢。上海宝钢在其管理体系中是想全面的对标管理，通过选择标杆（创办初期的新日铁，现在的浦项制铁），掌握标杆企业在重要管理节点上的指标，通过与标杆企业的各项指标进行对比，找出自己的差距，并逐渐加以完善，从而追赶甚至超过对标企业。在各个管理职能中，即使在管理对象是最为复杂和不确定的人时，量化也成为一种潮流和时尚。人力资源考核和各个部门的考核也全面进入量化阶段。各种西方量化管理的工具被引进和使用，"能量化就量化"成为绩效管理中的首要原则。

9. 对资本的逐利性从排斥到全面接受——资本市场的建立与运作

对资本以及资本市场的认识与发展从过去的全面排斥到全盘接受是中国企业管理中的重要变化。如何解决企业发展和运营所需要的资金，如何更加有效地使用企业所获得的资金，中国企业逐步建立了资本市场，资本运作的概念也成为企业管理者日程表上的重要内容，中国大型企业集团成立财务公司的实践，包括中国企业所采用的会计核算与标准基本上是借用了美国的管理模式。资本市场的风生水起和风云变幻开拓了中国企业管理者的视野，也成为许多中国企业快速成长的又一路径。实业和资本运作的相辅相成、互相促进，被认为是中国企业良性成长循环。

上述这些方面的变化，基本勾画了现代中国企业管理的基本特征和运行模式。管理哲学的变化影响到企业组织的宗旨定位，也影响到对企业成员的人性假设；管理思维方式的变化则影响到企业的管理决策和制度选择；管理体系的变化则左右了企业组织的管理边界和所需要配置的资源的内涵外延。

西方管理工具与概念框架在中国既是风生水起的发展，又被看做是有争议的外来物。这对中国管理者的价值观产生了潜移默化的影响。在之前的实证研究中可以看出，尽管价值观不易更改，但中国管理者在一些方面已经开始偏向西方宣扬的价值观念，比如"平等"、"竞争"等。这些观念符合改革开放后的市场经济大环境，被认为是先进的、有利于中国企业成长发展的观念，这也是西方管理思想与方法能够在中国迅速传播的原因之一。但是，传统观念依然占据人心，这也是一些中国管理者对西方管理学说颇有微词的一个原因。

中国管理者价值观的中西交错，对西方管理思想与方法的认知产生影响。在本研究将西方管理思想与方法分为管理工具和管理概念框架这两个维度之后，这个认知的影响变得清晰起来：对于西方管理知识体现其工具性的一面，中国管理者无论持哪类价值观，对其认知的障碍较小，认同度较高，这也是西方管理知识的优点所在——工具性强、容易学习和复制；对于西方管理知识呈现其理论基础的一面（管理概念框架），中国管理者持偏西方价值观的，对其认知度较高，而持传统价值观的管理者则不以为然，认知障碍较大。

中国企业管理者成长经历的不同也影响到对西方管理思想与方法的认知。对于西方管理知识的工具性来说，得到的结果比较直观——工作年限长、学历高、出过国，对管理工具的认知程度高，反之则低。但对于西方管理概念框架来说，不同经历的管理者体现出的认知情况较为复杂，并不是线性的关系。比如工作年限很长，但对西方管理概念框架反而认知度低。这其中就有传统价值观的因素在起作用，促使管理者难以认同西方管理思维方式。

管理者价值观的变化对企业管理实践产生的影响在实证研究中也有所涉及，虽然这两个变量的复杂性和主观性，增加了这个观测的难度和模糊度。但尽管如此，依然可以看出，持偏西方价值观的管理者，在管理实践中也更倾向于西方做法；持相对比较传统价值观的管理者，在管理实践中也更认同传统做法。

研究的局限和未来的研究方向

在本研究进展过程和研究总结中，几点局限值得在以后的研究中注意。

价值观本身的特点是深层的，较为隐蔽，很多学者开发出各类量表试图测度价值观，但从比较管理的角度进行开发的量表不多。本量表采用的是 Charles Hampton-Turner 和 Alfons Trompenaars 于 1993 年在《国家竞争力》（*The Seven Cultures of Capitalism*）一书中介绍的。这份量表是这两个学者在 1986 年至 1993 年间，在荷兰阿姆斯堤文国际企业研究中心（CIBS, Center for International Business Studies in Amstelveen），对作为学员的 1.5 万名企业经理人做的调查所用。这个量表在国外的效度还是比较高的。本研究采用这七个两难问题度量管理者价值观，依然对中国管理者的价值观特点考虑得不够周全。因为受中国传统思维方式的影响，在面对两难问题时，样本倾向于选择较模糊、中立的选项，区分度不强，导致统计结果不够明确。

在问卷的设计的过程中，由于要测度的内容较多，所以每个单独的量表问题设置得较少，可能导致维度体现得不充分，所以实证结果不够有力。比如管理者的价值观影响着企业的管理实践，尽管最终能够看出价值观倾向性和管理实践倾向性是一致的，但这个相关关系的显著性不是很强。在样本对象的选择上，尽管都是企业的管理工作者，但并不都是企业最高管理者，所以可能对于企业管理的决策权有限。在这个情况下，样本对于企业管理实践的看法，只是出于观察的角度，而样本自身的价值观无法映射到企业的管理实践中去，这影响了管理者价值观对企业管理实践影响的相关检验，导致相关度不高。

问卷样本的企业在地域分布上的不均衡也带来了对于不同经济发展地区的企业对西方管理工具与概念框架认知和使用的假设无法得到科学的验证，这也是样本的局限性之一。

当然，本背景研究为进一步的研究提供了一些新的研究方向和启示。

如果继续从管理者价值观的角度出发，可以从企业"一把手"的视角进行分析，由于这个层次的管理者对于企业战略以及大方向的思考较多，对企业情况的认知较为清晰全面。所以通过对 CEO、总裁等调研对象的探索，将管理者的层次提高，调研西方管理思想与方法对中国企业的影响，应该会得到更有指导意义的结果。

如果换角度研究西方管理思想与方法对中国企业实践的影响，根据文献中的启发，可以从组织的角度入手：①通过对企业的组织行为、组织文化的分析，考察西方管理思想与方法带来的影响；②考察国内的跨国公司，或者有国际合作的中国组织中，跨文化管理实践的情况，尤其是在管理经验溢出和人才溢出方面可以进行更细致的研究。

从渠道的角度出发，可以将一些渠道进行细化，对于其具体的影响进行研究，比如可以从"国际标准认证"入手，研究具有这些认证的企业特点，以及认证带来的影响等。

而从管理思想与工具出发，可以具体结合某一种管理工具或者概念框架，对于其在中国的传播和影响按照不同的时间维度进行具体研究，从而可以佐证中国企业的学习路径和方式。

▍ 管理思想与方法的融合与发展 ▍

西方管理思想与方法并没有停止发展和前进，在影响中国企业管理实践的同时，随着西方管理世界管理环境的变化，从近年的观察中，我们也可以看出，西方管理思想与方法也在发生着变化，而这种变化中非常明显地体现出管理融合的特点。

西方管理思想的转变也体现出东方文化和中国式管理特色：①从重视内部效率向兼顾外部环境；②从要素理论到以人为本的人文文化管理理论的转变，③分散单独管理要素研究到系统与权变管理理论的转变。这里是不是与中国式管理中的平衡兼顾、人和与关系、全局长远观的思想有很大的联系呢？强调以人为本、以文化人、以情动人在中国儒家思想中早已有之。有部分西方管理工具和方法，如股权激励在我国清代晋商的经营管理中也能找到类似的实践。在中国式管理基础性研究中，被调查者提出中国式管理，政府与干部发挥着重大的作用。虽然这是现在中国转型的历史性问题，但西方大企业与政府也有千丝万缕的紧密关系，企业对外部环境与政府政策的重视也在不断提高。如果第一阶段企业科学管理理论是由西方完成的，第二阶段的"文化"理论建设也是由西方提出的，但是它是在研究东方管理实践基础上挖掘的（王宗起，1997）。西方人本管理的兴起和对企业文化与价值观的重视，从另一侧面证明了我们传统的一些管理办法的合理性。西方管理在经历了科学管理、人际关系管理、管理丛林后，现代管理也不断出现情境管理、权变管理、情感管理等弹性较大、难以科学化的管理理论。这似乎是与中国式管理强调的"弹性"、"因地制宜"、"易变"有异曲同工之妙。这是否意味西方管理也正在不断吸收东方管理思想来弥补自身体系的不足呢？有学者指出由于中国文化与思维的综合性、全局性和中庸特色，科学管理与人本管理两种模式在中国可能不会对立两极化，反而呈现完美的结合，即中国式管理应该以科学管理为基础，在人本管理中求创新（许康、劳汉生，2001）。

德鲁克曾经说过：中国发展的核心问题，不是资金，不是先进设备，也不是高科技，而是要培养一批卓有成效的管理者。中国的管理者应该是中国自己培养的。随着中国企业管理者的日臻成熟，中国企业在世界经济舞台上的影响力日趋明显，中国式企业管理的特点和特色也将同样影响其他国家的企业组织，从而实现不同管理思想的融汇和升华，呈现出螺旋式上升的管理理论和科学的发展之路。

附录 A

探索性研究问卷

《中国式企业管理科学基础研究》企业家/经理人首次调研问卷

1. 根据您的了解，请列出 3~5 家您心目中的成功中国企业。

2. 总的看来，您认为影响中国企业成功最关键的因素有哪些（不超过三条）？

3. 结合您的管理实践，您认为在中国企业中应用最有效的西方管理方法和手段有哪些（不超过三条）？

4. 您是否认为存在中国特色的管理方式？如果答案是肯定的，那么哪些管理方式是"中国式"的？

实证研究问卷

西方管理思想对中国企业影响调查问卷

尊敬的女士/先生，您好：

　　国务院发展研究中心、中国企业联合会和清华大学正在联合调查研究西方管理思想对中国企业管理的传播途径及其影响。我们希望您能腾出宝贵的 5 分钟回答以下问题。您的参与将有助于探索符合中国国情的企业经营管理实践和成功经验的总结。

　　我们承诺所有的调查数据与个人信息都会严格保密，请您放心！感谢您的支持！

清华经管学院项目调查组

2008 年 6 月

Ⅰ. 对于下面所列常用西方管理工具，您对它们的了解和应用程度是：

主要管理工具	没听说过，更不了解	虽听说过，但不了解	了解一些、但不准备用	有些了解、可能会采用	比较了解、并准备采用	非常了解、且已经采用
1. 六西格玛	□	□	□	□	□	□
2. TPS（精细化管理）	□	□	□	□	□	□
3. KPI 管理	□	□	□	□	□	□
4. 决策树	□	□	□	□	□	□
5. EVA（经济增加值）	□	□	□	□	□	□
6. 4P 理论/4C 理论	□	□	□	□	□	□
7. 波特五力分析等竞争战略理论	□	□	□	□	□	□
8. CRM（客户关系管理）	□	□	□	□	□	□
9. ERP（企业资源规划）	□	□	□	□	□	□
10. BSC（平衡计分卡）	□	□	□	□	□	□
11. PDCA 循环	□	□	□	□	□	□
12. ABC（作业成本法）	□	□	□	□	□	□
13. 海氏评估法	□	□	□	□	□	□
14. SWOT 战略分析	□	□	□	□	□	□
15. MBO（目标管理）	□	□	□	□	□	□
17. TQC、TQM 全面质量管理与控制	□	□	□	□	□	□
18. JIT（准时制造）供应链管理	□	□	□	□	□	□

Ⅱ. 请根据您对下面情境下不同做法的认同程度在相应的选项的□里打"√"

	非常不认同	不认同	略不认同	略为认同	认同观点	非常认同
1. 你认为在没有任何规则可以适用一个特殊情况时						
（A）人们应该运用现有最相关的规则来规范它	□	□	□	□	□	□
（B）应该认可它的特殊性，为这种特殊情况做特殊处理	□	□	□	□	□	□
2. 你认为有效的管理者						
（A）是一个善于分析事实、论点、数字、精于把工作进行分拆的人	□	□	□	□	□	□
（B）是擅长辨别类型、整合局部关系、综观大局的人	□	□	□	□	□	□
3. 在处理个人与组织关系时候						
（A）确保组织成员的个人权利、能力与尊重个人需求	□	□	□	□	□	□
（B）增进个人所属整体组织的重要利益。	□	□	□	□	□	□
4. 我们在采取行动的时候						
（A）应该多倾听内部人员的判断、决策或声音	□	□	□	□	□	□
（B）更应该多探视外部环境所传送的讯号、需求与趋势	□	□	□	□	□	□
5. 你认为要能顺利完成工作是						
（A）必须按照顺序迅速地处理事情	□	□	□	□	□	□
（B）必须大伙协调而同步地处理事情	□	□	□	□	□	□
6. 你认为在给予员工岗位或者权力的时候主要应该						
（A）看他过去的表现与绩效	□	□	□	□	□	□
（B）强调他是否拥有那些对企业有重要意义的特征，例如年龄、资历、性别、学历、潜力或特殊的角色	□	□	□	□	□	□
7. 要想管理好企业必须						
（A）平等对待员工，以便赢得他们的全力贡献	□	□	□	□	□	□
（B）强调管理层的判断与职权	□	□	□	□	□	□

Ⅲ. 请您评价一下西方管理思想与方法对中国企业的影响，在您认同的选项□里打"√"。由于西方管理思想与方法的影响，您所在的企业在以下方面：

企业管理的主要方面								
1. 企业经营管理过程更	全面系统	□	□	□	□	□	□	分散
2. 企业管理手段更	简洁高效	□	□	□	□	□	□	复杂繁琐
3. 企业经营宗旨与目标更	多元	□	□	□	□	□	□	单一
4. 企业经营管理导向更	重视结果	□	□	□	□	□	□	重视过程
5. 人际关系更	和谐相处	□	□	□	□	□	□	竞争对立
6. 管理人员和员工的价值观	个人利益导向	□	□	□	□	□	□	集体利益至上
7. 企业的核心价值观更	注重效率	□	□	□	□	□	□	关心公平

Ⅳ. 请您对以下西方管理思想与方法在中国传播渠道的影响程度，给出判断：

主要传播渠道	几乎没有影响	有微弱影响	有一些影响	有较大影响	有很大影响	有极大影响
1. 西方企业管理类书籍的引进、翻译和出版	□	□	□	□	□	□
2. 国内工商管理教育和管理培训产业的发展	□	□	□	□	□	□
3. 跨国公司的实践与管理经验输出	□	□	□	□	□	□
4. 管理咨询业的蓬勃发展	□	□	□	□	□	□
5. 国际标准认证体系的全面推进	□	□	□	□	□	□
6. 出国考察和访问	□	□	□	□	□	□
7. 西方专家学者来华讲座和指导	□	□	□	□	□	□

Ⅴ. 您认为西方管理思想和工具在中国企业可推广的程度是：

完全适用←———→完全不适用

□　□　□　□　□　□

Ⅵ. 您认为西方管理思想和工具在中国企业推广的最大阻力来自于：

_____、_____、_____（选择3项）

A. 文化与观念　B. 中国市场发育程度　C. 法律法规不健全　D. 管理对象不同　E. 企业内部机制　F. 企业家和领导人素质　G. 政治经济社会体制差异　H. 国家宏观环境　I. 政府职能　J. 其他

_____（请注明）

基 本 信 息

1. 您所在企业所属的行业是：

A. 农、林、牧、渔业　B. 采矿业　C. 制造业　D. 电力、燃气及水的生产和供应业　E. 建筑业　F. 交通运输、仓储和邮政业　G. 信息传输、计算机服务和软件业　H. 批发和零售业　I. 住宿和餐饮业　J. 金融业　K. 房地产业　L. 租赁和商务服务业　M. 科学研究、技术服务和地质勘查业　N. 水利、环境和公共设施管理业　O. 居民服务和其他服务业　P. 教育　Q. 卫生、社会保障和社会福利业　R. 文化、体育和娱乐业　S. 公共管理与社会组织

2. 您所在企业性质是：

A. 国有企业（含国有控股及国有上市企业）　B. 外商独资　C. 合资企业

D. 民营/私营企业　E. 政府机关/事业单位　F. 其他

3. 您所在企业按照所处行业的评价方法，在规模上属于：

A. 大型企业　B. 中型企业　C. 小型企业

4. 您如何评价所在企业的经营状况：

A. 非常好　B. 比较好　C. 一般　D. 不很好　E. 很不好

5. 您所在企业总部所在地位于_____省（直辖市）

A. 东北地区　B. 华北地区　C. 华南地区　D. 华中地区　E. 华东地区　F. 西南地区 G. 西北地区

6. 您从事管理工作的年限是：＿＿＿＿＿＿年

7. 您的最高学历是：

A. 初中及以下　B. 高中或职业学校　C. 大专　D. 本科　E. 研究生及以上

8. 您是否出国学习或者参观考察过？

A：是（＿＿）个月或（＿＿）年　B：否

9. 您所在企业是否参加过 ISO9000 系列或 ISO14000 系列，或者 SA8000 系列的认证？

A. 是的，请列出＿＿＿＿　B. 否

10. 您所在企业是否接受过管理咨询服务？

A. 是的，提供管理咨询的是国外管理咨询公司

B. 是的，提供管理咨询的是国内管理咨询公司（包括国内的专家学者）

C. 从来没有

再次感谢您腾出宝贵的时间填写问卷！祝您拥有美好的心情！

参 考 文 献

[1] 潘承烈，虞祖尧．振兴中国管理科学—中国管理学引论[M]．北京：清华大学出版社，1997．

[2] 黄津孚．"中国式管理"研究的六个基本命题[J]．经济管理，2006 (22)．

[3] 易建湘．重视"洋为中用"[J]．科技智囊，2004(12)．

[4] 梁梁，张绳良．关于管理比较研究中应注意的问题——兼谈"中国式管理"的建立基础[J]．运筹与管理，1994．

[5] 袁宝华．十六字方针[C]．中国企业管理协会：借鉴外国企业管理经验座谈会，2005．

[6] 苏东水．东方管理学[M]．上海：复旦大学出版社，2005．

[7] 辛杰，余波．中、西方管理伦理比较及其对中国企业的启示[J]．经济与管理，2007(2)．

[8] 程维海．中西管理：实学与管理[J/OL]．http：//blog. voc. com. cn/blog. php? do = showone&uid =6750&itemid =379256．

[9] 廖文燕，蔡巍，赵明峰．中国式管理引发争鸣[J]．科技智囊，2004 (12)．

[10] 王凌峰．有中国式管理吗[J]．IT经理人世界，2005(3)．

[11] 王凌峰．慎言中国式管理[J]．当代经理人，2005(2)．

[12] 史永翔，李平凡．"中国式"管理：有利还是有弊？[J]．经理人，2005(5)．

[13] 刘建生 ，燕红忠．晋商与徽商经营管理之比较[J]．财会月刊，2003(1)．

［14］许康，劳汉生．中国管理科学历程［M］．长沙：湖南技术科学出版社，2001．

［15］李大元，刘巨钦．中国式管理：背景、内涵与展望［J］．中南大学学报（社会科学版），2006（5）．

［16］中国式管理引发争鸣［J/OL］．http：//www.chinahrd.net/img/jlr/manage/zhuanti/zhongguoshi.htm．

［17］郭凤志．价值、价值观念、价值观概念辨析［J］．东北师大学报（哲学社会科学版），2003（6）：41-43．

［18］黄希庭，张进辅等．当代中国青年价值观与教育［M］．成都：四川教育出版社，1994．

［19］弗朗克·戈泰，多米尼克·克萨代尔．跨文化管理［M］．陈淑仁，等译．北京：商务印书馆，2005．

［20］唐玛丽·德里斯科尔，迈克·霍夫曼．价值观驱动管理［M］．徐大建，等译．上海：上海人民出版社，2005．

［21］威廉·大内．Z理论——美国企业怎样迎接日本的挑战［M］．孙耀君，等译．北京：中国社会科学出版社，1984．

［22］查理斯·汉普登－特纳，阿尔方斯· 特龙佩纳斯．国家竞争力［M］．徐连恩，译．海口：海南出版社，1993．

［23］帕斯卡尔，阿索斯．日本企业管理艺术［M］．张宏，译．北京：中国社会科学出版社，1986．

［24］特雷斯E迪尔，阿伦A.肯尼迪．企业文化——现代企业的精神支柱［M］．唐铁军，等译．上海：上海科学技术文献出版社，1989．

［25］托马斯J彼得斯，小罗伯特H.沃特曼．成功之路——美国最佳企业的管理经验［M］．余凯成，等译．北京：中国对外翻译出版公司，1985．

［26］斯蒂芬P罗宾斯，玛丽·库尔特．管理学［M］．孙健敏，等译．北京：中国人民大学出版社，2003．

［27］保罗·格里斯利．管理价值观：企业经营管理的变革［M］．徐海

鸥，译．北京：经济管理出版社，2002.

[28] 理查德·巴雷特．解放企业的心灵——企业文化评估及价值转换工具[M]．公茂虹，等译．北京：新华出版社，2005.

[29] 休·戴维森．承诺：企业愿景与价值观管理[M]．廉晓红，等译．北京：中信出版社，2004.

[30] 魏文斌．第三种管理维度——组织文化管理通论[M]．长春：吉林人民出版社，2006.

[31] 潘承烈，虞祖尧．振兴我国管理科学——我国管理科学引论[M]．北京：清华大学出版社，1997.

[32] 乔东，李文斌，李海燕．论21世纪管理理论新思路——浅析价值观管理理论中的超经济主义价值观[J]．山东财政学院学报，2002(4).

[33] 贲恩正，祝慧烨．东西方企业价值观管理比较[J]．中外企业文化，2007(6).

[34] 吴维库，富萍萍，刘军．基于价值观的领导[M]．北京：经济科学出版社，2002.

[35] 单孝虹．价值观：现代企业管理之魂[J]．理论与改革，2002(2).

[36] 冯周卓．走向柔性管理[M]．北京：中国社会科学出版社，2003.

[37] 潘晓兰．论人力资源管理中的多元价值观[J]．探求，2006(3)：60-63.

[38] 黎小林．价值观管理及其对企业文化变革的影响[J]．广东商学院学报，2006(1)：31-32.

[39] 李勇．论企业价值观的塑造方法和途径[J]．大庆社会科学，2002(6)：32.

[40] 陈秀鸿．现代中国企业价值观目标模式及其培育[J]．发展研究，2006(9)：63-64.

[41] 张朝洪，凌文辁．企业人力资源的价值观管理[J]．生产力研究，2003(5)：264-265.

［42］朱筠笙．跨文化管理：碰撞中的协调［M］，广州：广东经济出版
　　　社，2000（25）．

［43］李海婴．跨国公司在华跨文化管理研究［C］．武汉理工大学硕士学
　　　位论文，武汉理工大学，2004（14）．

［44］赵曙明．跨国公司在华面临的挑战：文化差异与跨文化管理［J］，
　　　管理世界，1997（13）．

［45］彼得·德鲁克．管理的前沿［M］．许斌，译．上海：上海译文出版
　　　社，1999．

［46］胡国良．企业文化与企业形象识别系统［J］．企业文化，1994（7）：
　　　38-39．

［47］王文臣，王艳．企业文化与人文管理［J］．经济经纬，1999
　　　（3）：77．

［48］余绪缨．柔性资源管理与其思想文化渊源［J］．经济学家，1998
　　　（1）：44．

［49］张冬梅．基于企业家价值观的领导与企业绩效提高［J］．海南大学
　　　学报，2005（2）：134．

［50］向莉．浅谈中西方管理思想之比较及跨文化管理［J］．成都航空职
　　　业技术学院学报，2003．

［51］张鑫．企业价值观管理模式研究［C］．长沙理工大学硕士学位论文
　　　．长沙理工大学，2008．

［52］陈芳．管理者价值观、组织公民行为及员工留任的关系研究［C］．
　　　浙江大学硕士学位论文．浙江大学，2005．

［53］彼得·德鲁克．管理——任务、责任、实务［M］．北京：机械工业
　　　出版社，2009．

［54］帕斯卡尔，艾索思．日本的管理艺术［M］．南宁：广西民族出版
　　　社，1984．

［55］孔茨．管理学［M］．11 版．芮明杰，译．上海：上海人民出版
　　　社，1990．

[56] 郑朝华. 东方传统文化和西方管理思想对中国企业战略的影响[J]. 中国建材, 2006(8)：78-79.

[57] 蒋美钏. 中西方营销策略的差异及我国的应对策略[J]. 科技资讯, 2006(1).

[58] 晓敏. 中西方企业营销渠道设计和管理之比较[J]. 企业活力, 2005(02).

[59] 晏国祥. 营销组合理论演变的动因分析及其对我国企业营销实践的启示[J]，湘潭大学，2003.

[60] 张艺格. 中西方文化差异在人力资源管理中的应用[J]. 商场现代化, 2008(32)：302.

[61] 张浩强. 西方管理工具的适应性改造[J]. 经营管理者, 2006(12).

[62] 张羿. 万科与世界级企业的真正差距[J]. 中国企业家, 2007(10).

[63] 殷国强，马忻. 如何看待西方管理学本土适用的"水土不服"[J]. 全国商情, 2008(12).

[64] 郭斌. 跨越西方管理思想的三维思考空间[J]. 经营与管理, 2005(4)：41-43.

[65] 朱娜. 跨国公司对我国经济发展的影响[J]. 商场现代化, 2009(9).

[66] 王峰. 跨国公司对东道国的影响及其对策[J]. 齐齐哈尔大学学报(哲学社会科学版), 2009(2).

[67] 王建强. 区域人才竞争力评价指标体系设计[J]. 中国人才, 2005(8).

[68] 杨河清，吴江. 区域人才竞争力评价指标体系构建的几点思考[J]. 人口与经济, 2006(4).

[69] 黎家琪. 跨国公司人才本土化对我国的影响[J]. 时代经贸, 2008(S7).

[70] 袁勇志，宋典. 跨国公司人才溢出对区域人才竞争力提升的理论探讨[J]. 国外社会科学, 2009(1).

[71] 张洪潮，张培智．在华跨国公司技术转移及溢出效应的问题与对策[J]．工业技术经济，2007(12)．

[72] 汪开鹏．跨国公司在华本土化战略及启示[J]．价值工程，2009(4)．

[73] 何淑明．跨国公司技术溢出效应研究述评[J]．重庆工学院学报(社会科学版)，2007(8)．

[74] 江小涓．中国的外资经济对增长、结构升级和竞争力的贡献[M]．北京：中国人民大学出版社，2002．

[75] 王志鹏，李子乃．外商直接投资、外溢效应与内生经济增长[J]．世界经济文汇，2004(3)．

[76] 蒋殿春，黄静．微观层面吸收能力对 FDI 技术外溢的影响[J]．经济与管理研究，2006(10)．

[77] 吴林海，吴松毅．跨国公司对华技术转移论[M]．北京：经济管理出版社，2002．

[78] 包群，赖明勇．中国外商直接投资与技术进步的实证研究[J]．经济评论，2002(6)．

[79] 沈坤荣，耿强．外国直接投资的外溢效应分析[J]．金融研究，2000(3)：103-110．

[80] 黄华民．外商直接投资对我国宏观经济影响的实证分析[J]．经济评论，2000(6)．

[81] 谢冰．外国直接投资的贸易效应及其实证分析[J]．经济评论，2000(4)．

[82] 秦晓钟，胡志宝．外商对华直接投资技术外溢效应的实证分析[J]．现代经济探讨，1998(4)．

[83] 刘煌辉，程欣．技术引进的溢出效应分析[J]．煤炭经济研究，1999(5)．

[84] 何洁．外国直接投资对中国工业部门外溢效应的进一步精确量化[J]．世界经济，2000(12)：29-36．

[85] 高山行，李亚辉，徐凯．跨国公司技术溢出影响因素的实证研究

[J]. 研究与发展管理，2007(5).

[86] 曾刚，林兰. 跨国公司技术溢出与溢出地技术区位研究[J]. 世界地理研究，2007(4).

[87] 杨学军. 基于前向联系的跨国公司技术溢出效应研究—珠海外商投资企业的问卷调查[J]. 商业研究，2009(02).

[88] 胡延新，汽车王国的骄子：丰田[M]. 北京：北京大学出版社，1997.

[89] 丰斯·特龙彭纳斯，查理斯·汉普登 – 特纳. 在文化的波涛中冲浪——理解工商管理中的文化多样性[M]. 关世杰，译. 北京：华夏出版社，2003.

[90] 陈涛涛. 外商直接投资对我国行业内(intra-industry)溢出效应的研究[C]. 清华大学，2003.

[91] 陈涛涛. 中国 FDI 行业内溢出效应的内在机制研究[J]. 世界经济，2003(9).

[92] 段刚. 人力资本理论研究综述[J]. 理论前沿，2003(5).

[93] 陈涛涛，陈娇. 行业增长因素与我国 FDI 行业内溢出效应[J]. 经济研究，2006(6).

[94] 杨亚平. FDI 技术行业内溢出还是行业间溢出——基于广东工业面板数据的经验分析[J]. 中国工业经济，2007(11).

[95] 姚娟，刘叶. 行业间溢出是 FDI 溢出效应不可忽略的重要途径[J]. 当代财经，2005(5).

[96] 陈飞翔，郭英. 关于人力资本和 FDI 技术外溢关系的文献综述[J]. 财贸研究，2005(1).

[97] 江小涓. 吸引外资对中国产业技术进步和研发能力提升的影响[J]. 国际经济评论，2004(3-4).

[98] 王恬. 人力资本流动与技术溢出效应——来自我国制造业企业数据的实证研究[J]. 经济科学，2008(4).

[99] 苏勇，刘国华. 中国管理学发展历程 1977-2006，第一届"管理学

在中国"学术研讨会论文集[J]. 西安，2008.

[100] 赵纯均，吴贵生. 中国高校哲学社会科学发展报告 1978-2008，管理学卷[M]. 广西：广西师范大学出版社，2008.

[101] 赵康. 管理咨询在中国：现状、专业水准、存在问题和发展战略[M]. 北京：中国社会科学出版社，2009.

[102] 廖文燕，蔡巍，赵明峰. 中国式管理引发争鸣[J]. 科技智囊，2004(12).

[103] 李艳霞. 麦肯锡有争议案例调查[J]. 21 世纪经济报道. 2002(7).

[104] 陈支农. 麦肯锡缘何"兵败"实达[J]. 沿海经贸. 2003(10).

[105] 徐曹. 拷问咨询业[J]. 新经济导刊. 2001(11).

[106] 唐广. 对实达电脑公司麦肯锡方案引发"本土化"话题的思考[J]. 经济师. 2003(6).

[107] 姜虹. 制度设计中理性与非理性的思考[J]. 商业研究. 2003(24).

[108] 凌志军. 联想风云[M]. 湖北：湖北人民出版社. 2008.

[109] 刘湘明，郭晋华. 咨询的味道[J]. IT 经理世界. 2001(9).

[110] 徐国敬，王灿伟，王磊. ERP 在国内企业中的应用状况分析[J]. 2008(12).

[111] 高海洋. 麦肯锡何以兵败康佳[J]. 知识经济. 2004(1).

[112] 水土不服型：淮南的橘与淮北的枳[J]. 科技智囊. 2004(12).

[113] 一知半解型：懵懵懂懂踏上质量管理路[J]. 科技智囊. 2004(12).

[114] 魏中龙. 中国企业的六西格玛管理之道[M]. 北京：经济管理出版社. 2005.

[115] 郭斌. 跨越西方管理思想的三维思考空间[J]. 经营与管理，2005(4)：41-43.

[116] Caves, R E. Multinational Firms, Competition and Productivity in Host-Country Markets[J]. Economica, 1974(41).

[117] Glonman, S. Foreign Direct Investment and "Spillover" Efficiency Benefits in Canadian Manufacturing Industries[J]. Canadian Journal of Economics, 1979(12).

[118] Blomström M, H Persson. Foreign Investment and Spillover Efficiency in an Underdeveloped Economy: Evidence from the Mexican Manufacturing Industry[J]. World Development, 1983(11).

[119] Katz J M. Production Functions, Foreign Investment and Growth. North Holland, Amsterdam, 1969.

[120] Aitken B, A Harrion. Are There Spillovers from Foreign Direct Investment? Evidence from Panel Data for Venezuela[J]. MIT and the World Bank, 1991(11).

[121] Sjöholm F. Productivity Growth in Indonesia: The Role of Regional Characteristics and Direct Foreign Investment[J]. Economic Development and Cultural Change, 1999(3).

[122] Kugler M. The Sectoral Diffusion of Spillovers from Foreign Direct Investment[J]. University of Southampton, 2001, 8.

[123] Blomström M, A Kokko, M Zejan. Foreign Direct Investment: Firm and Host Country Strategies[M]. Macmillan, 2001.

[124] Blomström M, Kokko A. Foreign direct investment and spillovers of technology [J]. International Journal of Technology Management, 2001.

[125] Kokko A. Technology, Market Characteristics, and Spillovers[J]. Journal of Development Economics, 1994.

[126] Kokko A, R Tansini, M Zejan. Local Technological Capability and Spillovers from FDI in the Uruguayan Manufacturing Sector[J]. Journal of Development Studies, 1996.

[127] Blomström A, Kokko A. EIJS Working Paper Series with Number 167 of The European Institute of Japanese[J]. 2003 (1).

［128］Gershenberg I. The Training and Spread of Managerial Know-how, a Comparative Analysis of Multinational and Other Firms in Kenya［J］. World Development, 1987.

［129］Holger Görg, Eric Strobl. Spillovers from Foreign Firms through Worker Mobility: An Empirical Investigation［J］. Scand. J. of Economics, 2005.

［130］Behrman Jack N, Wallender Harvey W. Transfers of manufacturing technology within multinational enterprises ［M］. Ballinger, Cambridge, MA, 1976.

［131］CHEN E K Y. Multinational Corporations, Technology and Employment［M］. Macmillan, London, 1983.

［132］Rokeach M Beliefs. Attitudes and value: A theory Of organization and change［M］. San Francisco: Josey-Bass, 1968.

［133］England G W, Keaveny T J. The relation ship of managerial Value sand administrati Vebehaviour［J］. Man power and applied Psychology, 1969, 3(1, 2).

［134］Clare D, Sanford D. Mapping personal value space: A study of managers in four organizations［J］. Humna Relations, 1979(32).

［135］Posner B Z, Schmidt W H. Value and the American manager: An Update［J］. California Management, 1984(Spring).

［136］Frederick W C. Value, Nature, and Culture in the American Corporation［M］. New York: Oxford University Press, 1995.

［137］Shimon L Dolan, Salvadorr Garcia. Managing by Values: Cultural Redesign for Strategic Organizational Change at the Dawn of the twenty-first Century［J］. Journal of Management Development, 2002, (21).

［138］Hofstede G. Culture's consequences: International differences in work-related values［M］. Beverly Hills, 1980.

［139］E Ransdell. The Nike Story ? Just Tell It! ［J］. Fast Company, 2000 (1-2): 44-46.

[140] A M Pettigrew. On Studying Organizational Cultures[J]. Administrative Science Quarterly, 1979(12): 576.

[141] J M Beyer, H. M. Trice. How an Organization's Rites Reveal Its Culture[J]. Organization Dynamics, 1987(15).

[142] A Bryant. The New Power Breakfast[J]. Newsweek, 2000(15): 52.

[143] Turban D. B. Keon. T. L. Organizational attractiveness: An integrationist Perspective[J]. Journal of Applied Psychology, 1993(78).

[144] Cable D Judge T A. Pay performance and job search decisions: A person-organization fit perspective [J]. Personnel Psychologies, 1994 (47): 43.

[145] Cable Judge. Person-organization fit, job choice, and organizational entry[J]. Organizational Behavior and human decision Process, 1996 (67).

[146] Christopher J Robertson. The Global Dispersion of Chinese Values: A Three-Country Study of Confucian Dynamism[J]. Mir Management Intern ational Review, 2000(40): 3.

[147] Schneider. The ASA framework: An update[J]. Personnel Psychology, 1995(48).

HZ BOOKS
华章经管

为培训和教学
免费提供PPT课件
下载网址: http://www.hzbook.com
教学支持: 010-68353079、88378995

现代企业人力资源管理实务丛书　丛书主编：郑晓明

人力资源管理实务长销作品的常青树

前2版畅销10年
累计重印28次

第1版畅销5年

前2版畅销10年
累计重印14次

人力资源管理导论（第3版）
ISBN：978-7-111-33263
作者：郑晓明
定价：49.00元
出版时间：2011-3

人才测评实务（第2版）
ISBN：978-7-111-32713
作者：张志红 王倩倩 朱冽烈
定价：38.00元
出版时间：2011-3

人员培训实务（第3版）
ISBN：978-7-111-32264
作者：郭京生 潘立
定价：36.00元
出版时间：2011-3

即将出版

读者评论

● 领导推荐的一套书，很有用的工具书。让不了解人力资源管理的人能很快理解一些实用的内容。看遍后还会再看一遍，加深理解。

● 这个系列的一套书全部都买了。很实用，配合资格考试的教材一起学习，即生动又具有可操作性。是我目前买到的最理想一套书了。每天都会看，不学习时对工作的帮助也特别的大。

● 对于人力资源管理工作的从事者，这是非常必要的工具书。

华章书院俱乐部反馈卡

写书评 赢大奖

身为读者，你是不是常感到不写不快？
无论是感同身受、热烈倾吐，还是淋漓痛批、指点文章，
我们真诚地邀请您，将您的阅读心得与我们共享。
您的心得，将有机会出现在我们的图书、主流媒体、各大网站上。
同时，您还有机会挑选一本自己喜爱的华章经管好书！

书评发至：hzjg@hzbook.com

欢迎登陆 **www.hzbook.com** 了解更多信息，
本网站会每月公布获奖信息。

华章经管博客已开通，欢迎留下宝贵意见与建议 http://blog.sina.com.cn/hzbook

◎ 反馈方式 ◎

网络登记：
登陆 *www.hzbook.com*，在网站上进行反馈卡登记。

传　真：
将此表填好后，传真到 010-68311602

邮　寄：
将填好的表邮寄到：100037 北京市西城区百万庄南街1号309室　　闫　南　收

个人资料（请用正楷完整填写，并附上名片）

姓　名：＿＿＿　性别：□男 □女　年龄：＿＿　联系电话：＿＿＿＿＿　手机：＿＿＿＿＿

E-mail：＿＿＿＿＿＿＿＿＿＿＿＿＿　邮政编码：＿＿＿＿＿　传真：＿＿＿＿＿

通讯地址：＿＿＿＿＿＿＿＿＿＿＿　就职单位及部门：＿＿＿＿＿

职　务：□董事长/董事　□总裁/总经理　□副总裁/副总经理　□高级秘书/高级助理
　　　　□职员　□政府官员　□专业人员/工程人员　□其他（请注明）

学　历：□高中　□大专　□本科　□研究生　□研究生以上

所购书籍书名：＿＿＿＿＿＿＿＿＿＿＿＿＿＿＿＿＿

现在就填写读者反馈卡，成为华章书院会员，将有机会参加读者俱乐部活动！

所有以邮寄，传真等方式登记，并意愿加入者均可成为普通会员，并可以享受以下服务。

- ◆ 每月3次的免费电子邮件通知当月出版新书
- ◆ 共同享有读华章论坛会员交流平台
- ◆ 享受华章书院定期组织的各种活动
  （包括会员联谊活动专家讲座行业精英论坛等）
- ◆ 优先得到读华章书目
- ◆ 俱乐部将从每月新增会员中抽取10名，
  免费赠送当月最新出版书籍1本
- ◆ VIP会员享受全年12本最新出版精品书籍阅读

1. 您通过什么途径了解到本书？
   ☐ 朋友介绍　☐ 会议培训　☐ 书店广告　☐ 报刊杂志　☐ 其他_____

2. 您对本书整体评价为？
   ☐ 非常满意　☐ 满意　☐ 一般　☐ 其他，原因_____

3. 您的阅读方向？（类别）

   _____

4. 您对以下哪些活动形式最感兴趣？
   ☐ 大型联谊会　☐ 专业研讨会　☐ 专家讲座　☐ 沙龙　☐ 其他_____

5. 您希望华章书院俱乐部为会员提供怎样的增值服务？

   _____

6. 您是否愿意支付500元升级为VIP会员，享受全年12本最新出版精品书籍阅读？
   ☐ 愿意　　　☐ 不愿意，原因_____

读华章俱乐部反馈卡